LA COMPAGNE DE L'EXTRATERRESTRE

PROGRAMME DES ÉPOUSES
INTERSTELLAIRES: LES VIERGES - 1

GRACE GOODWIN

La Compagne de l'Extraterrestre

Copyright © 2020 by Grace Goodwin

Tous Droits Réservés. Aucune partie de ce livre ne peut être reproduite ou transmise sous quelque forme ou par quelque moyen que ce soit, électronique ou mécanique, y compris photocopie, enregistrement, tout autre système de stockage et de récupération de données sans permission écrite expresse de l'auteur.

Publié par Grace Goodwin as KSA Publishing Consultants, Inc.
Goodwin, Grace

La Compagne de l'Extraterrestre

Dessin de couverture 2020 par KSA Publishing Consultants, Inc.
Images/Photo Credit: Hot Damn Stock; Fotolia.com- Romolo Tavani; BigStock: forplayday

Note de l'éditeur :
Ce livre s'adresse à un *public adulte*. Les fessées et toutes autres activités sexuelles citées dans cet ouvrage relèvent de la fiction et sont destinées à un public adulte. Elles ne sont ni cautionnées ni encouragées par l'auteur ou l'éditeur.

BULLETIN FRANÇAISE

REJOIGNEZ MA LISTE DE CONTACTS POUR ÊTRE DANS LES PREMIERS A CONNAÎTRE LES NOUVELLES SORTIES, OBTENIR DES TARIFS PREFERENTIELS ET DES EXTRAITS

http://gracegoodwin.com/bulletin-francais/

LE TEST DES MARIÉES
PROGRAMME DES ÉPOUSES INTERSTELLAIRES

VOTRE compagnon n'est pas loin. Faites le test aujourd'hui et découvrez votre partenaire idéal. Êtes-vous prête pour un (ou deux) compagnons extraterrestres sexy ?
PARTICIPEZ DÈS MAINTENANT !
programmedesepousesinterstellaires.com

1

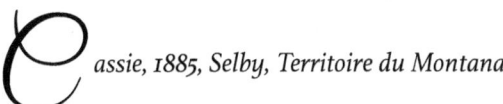assie, *1885, Selby, Territoire du Montana*

J'étais complètement désavantagée. Je n'avais encore jamais été embrassée ainsi. J'ignorais si je le faisais correctement. Lui, si. Oh, il savait parfaitement comment embrasser. Je ne m'étais jamais imaginé que ce serait ainsi, si... si ardent. Mouillé. Décadent. Le désir et le doigté de ses attentions étaient renversants.

Il avait un goût de cannelle, de whisky, et... d'homme. Il n'y avait pas d'autre mot pour décrire cette essence sombre purement virile. Cela m'avait manqué, cette intimité, ce... désir. J'en voulais plus : sa bouche, ses mains, son souffle sur ma peau. Tout.

Sa main caressa mon flanc à travers ma chemise de nuit en coton, jusqu'à en atteindre le bas, qu'il souleva au-dessus de mes genoux. Ses doigts rêches et calleux firent glisser l'étoffe sur ma cuisse avec lenteur, créant un chemin brûlant sur leur passage. De plus en plus haut, sa main remonta, jusqu'à ce que ma chemise de nuit m'arrive à la taille et que je me retrouve dénudée devant lui, exposée et vulnérable.

Sa paume fit le tour de ma cuisse, traçant des cercles de plus en plus grands. Son genou revêtu d'un pantalon se plaça entre les miens, et je me retrouvai piégée, à sa merci.

Son corps lourd me pressait délicieusement sur le lit. J'aimais cela, le sentir contre moi, solide. Je me sentais petite et féminine. Le monde — tout le reste — était caché par son corps, séparé de moi et de ce qu'il faisait à ma chair. J'étais protégée, abritée, en sécurité. Mes seins frottaient contre son torse, mes tétons durcis. La chaleur irradiait à travers ses vêtements et ma chemise de nuit, brûlant ma chair et me faisant frissonner. Ce baiser, grand Dieu, ce baiser ! Ferme et insistant, il passait d'un coin de ma bouche à l'autre et me donnait de petits coups de langue. Je poussai une exclamation, et il en profita pour m'explorer en profondeur. Sa main gauche était mêlée à mes cheveux, m'inclinant la tête au gré de ses envies.

Quand ses doigts effleurèrent mon entrejambe pour la première fois, je gémis et luttai contre les liens qui me retenaient les bras au-dessus de la tête. Je ne pouvais pas bouger, ne pouvais pas le toucher ni échapper à ses caresses.

Cette idée m'arracha un gémissement, mon entrejambe vibra de désir. Il me fit taire avec un baiser plus profond. Ma peau me brûlait à chacune de ses caresses. Mes tétons étaient douloureux, mon sexe gonflé comme pour se préparer à accueillir son sexe. Une explosion aveuglante de plaisir s'empara de moi lorsqu'il fit le tour de mon clitoris avec ses doigts, et je pliai le genou, cambrai le dos et m'agrippai à la tête de lit en fer forgé.

L'une de ses mains vint se placer autour de mon poignet et glissa jusqu'à ce que nos doigts s'entremêlent. Se soudent. Je sentis des élancements dans ma paume et comme s'il me brûlait, comme s'il me marquait avec ce simple contact. Le plaisir me submergea. J'étais perdue, engloutie.

Plus bas, je sentis son sexe contre l'intérieur de ma

cuisse, puis contre mes replis gonflés. Son sexe fut le bienvenu dans mon intimité trempée et se para de mon essence. Je bougeai les hanches, et il commença à me pénétrer, à m'étirer. À tel point que je ressentis une légère brûlure, et ce mélange de plaisir et de douleur m'emporta vers les sommets, me poussant à le désirer de tout mon être.

Je m'agrippai à ses mains et levai les hanches pour prendre tout ce que je voulais, pour l'obliger à se glisser entièrement en moi. Son grognement se mêla à mon halètement. Il était parfaitement adapté à moi. Il se mit à bouger, à aller et venir, ses hanches me clouant au matelas. Je ne pouvais pas bouger, ne pouvais que me délecter de la façon dont son sexe me caressait de l'intérieur et me faisait rougir la peau, me forçait à contracter les cuisses contre ses flancs. Pendant ce temps, il m'embrassait, sa langue imitant les mouvements de son sexe, s'enfonçant profondément avant de se retirer. Agressive. Dure. Si écrasante que je ne pouvais ni réfléchir ni vouloir, seulement ressentir. Et désirer.

Son désir était aussi grand que le mien, car son allure changea et se fit sauvage et passionnée.

C'est alors que je jouis, et une lumière aveuglante apparut derrière mes paupières fermées. Il avala mes cris d'extase sans cesser de me donner des coups de reins. Nous ne faisions pas simplement l'amour ; c'était plus primitif que cela. C'était comme s'il me marquait, revendiquait mon corps, mon âme. C'était sombre, frénétique et irréversible.

Je me sentais revendiquée. Comme si j'étais changée à jamais.

— Je te retrouverai, me chuchota-t-il à l'oreille d'une voix rauque alors qu'il m'embrasait la mâchoire et que ses coups de reins secouaient mon corps sur le lit chaque fois qu'il me pénétrait.

Je te retrouverai.

Je me réveillai en sursaut.

Je m'assis et regardai autour de moi, perdue. La pièce était plongée dans le noir, et malheureusement, j'étais seule. Aucun homme n'était en train de me toucher et de caresser mon corps. Je respirais vite. Ma peau était humide, comme si j'étais rentrée du bourg en courant. Ma chemise de nuit était relevée jusqu'à ma taille. Je parvenais toujours à *sentir* les mains de l'homme sur moi, son sexe profondément enfoncé en moi. Des restes d'orgasme persistaient, et je me contractais. Mes tétons étaient dressés, ma féminité gonflée et douloureuse. Je bougeai les hanches et remis ma chemise de nuit en place avant de me laisser tomber sur le matelas moelleux, mais je laissai mes pieds à plat sur le lit, mes genoux repliés. Je les écartai et passai les doigts entre mes jambes. J'étais mouillée. Tellement mouillée que mes cuisses en étaient enduites.

Je poussai un gémissement alors que mon besoin de jouir à nouveau me courait dans les veines. Alors que mes doigts reprenaient le mouvement circulaire familier sur mon clitoris, je pensai à mon rêve. C'était le même rêve que la nuit précédente, mais cette fois, il avait été plus loin. Avant, il n'avait fait que m'embrasser et me toucher, mais là... il m'avait baisée. Grand Dieu, il m'avait *baisée*.

J'avais été mariée pendant presque deux ans avant la mort de mon époux, et cette activité ne m'était pas inconnue, mais ce que j'avais fait avec Charles n'avait rien à voir avec mon rêve, avec l'homme qui continuait de me hanter, de me tenter. J'ignorais que le lit conjugal pouvait m'octroyer plus qu'un léger plaisir. Lorsque je m'étais mariée, j'étais jeune, à peine dix-huit ans, et ni mon mari ni moi-même n'étions très doués dans les arts de la chambre. Charles, bien que gentil, n'était pas très attentif, surtout lors des relations conjugales. Il y avait eu des caresses maladroites dans le noir, des va-et-vient et des grognements, pas une extase durable. L'homme de mes rêves était bien différent de Charles. Son odeur. Même son sexe. C'était un homme, pas un garçon comme Charles.

Je laissai mes jambes s'écarter complètement et continuai de me caresser, de me pousser à ressentir la même chose à nouveau, mais je poussai un soupir, résignée à souffrir de ce désir douloureux. Je posai ma paume sur ma chair ardente, mais découvris que le contact de ma propre main n'était pas à la hauteur. Mes doigts ne pouvaient pas me donner le plaisir dont était capable l'homme de mes rêves. J'étais... insatisfaite. Prête à tout et pleine de désir. J'avais *besoin* que cet homme me touche, m'embrasse, m'aime.

— Réveille-toi, Cassie. Ce n'était qu'un rêve, marmonnai-je toute seule.

Je secouai la tête et tentai en vain de me débarrasser des visions sensuelles de mes pensées, mais je découvris que j'en étais incapable. J'avais envie de cet homme, j'avais besoin de lui. Non, j'avais besoin de son sexe. Ce n'était qu'un fantasme ridicule, car il n'existait que dans mes rêves, et mon subconscient n'avait pas pris la peine de lui donner un nom. Pire encore, je ne connaissais pas son visage, seulement son contact. Son goût. Son odeur.

Je pris une grande inspiration et tentai de me remémorer son odeur dans l'air frais. J'aurais reconnu sa senteur boisée n'importe où, mais elle s'était envolée. Elle se dissipait en même temps que le rêve et le contrecoup de mon orgasme.

C'était de la folie. Non, c'était peut-être moi qui étais folle. De rêver, pas une ou deux fois, mais quatre fois de la même chose. Du même homme. La première fois, j'avais simplement senti son poids réconfortant sur mon corps. La deuxième fois, il m'avait embrassée. La suivante, il m'avait touchée. Et cette fois, il m'avait prise. Le rêve était devenu plus long, plus détaillé, plus... charnel. Pourtant, avant chaque réveil, j'entendais sa voix. Rauque et grave, comme deux pierres que l'on frotterait l'une contre l'autre. Je n'oublierais jamais cette voix, ni la promesse qu'elle m'avait faite.

— Je te retrouverai, avait-il dit alors que je jouissais, mon orgasme bien meilleur en rêve que dans la réalité.

Je restai allongée là, à regarder par la fenêtre alors que le ciel devenait gris à l'est, en réfléchissant à ce que voulait dire cette promesse. L'aube approchait, et la réponse m'échappait. J'étais incapable de me rendormir, même si j'avais envie de retrouver mes rêves et ses bras.

Avec un soupir, je quittai mon lit confortable et m'habillai rapidement, coiffant mes cheveux en simple chignon. Il y avait fort à faire avant l'aube et le réveil de M. Anderson. Je mettrais à profit ce temps supplémentaire pour effectuer mes corvées, pour réfléchir à mon rêve et pour me demander comment mon désir pour un inconnu avait réussi à envahir mon corps et mon esprit plus d'une fois.

Je quittai ma chambre située sous les combles et descendis les escaliers de derrière. Une fois dans la cuisine, j'allumai la lanterne et la cuisinière. Je remplis la cafetière de grains et d'eau et la mis à chauffer. À la pompe, je mis les mains en coupe et m'aspergeai le visage d'eau froide dans l'espoir de rafraîchir mes joues brûlantes. Je me lavai les mains et me séchai avec une serviette. À la lueur de l'aube, je regardai ma paume et l'essuyai avec le tissu.

La tache de naissance qui s'y trouvait, une forme sombre, me picotait. La frotter ne faisait rien pour l'apaiser. Je me souvins du rêve et de la façon dont l'homme m'avait tenu la main. Contre sa paume, ma tâche de naissance avait pris vie, et cette sensation avait failli suffire à me faire jouir. Je ne ressentais plus rien de tout cela, à présent, mais c'était la première fois que j'en prenais véritablement conscience. Je l'avais ignorée toute ma vie. Mais en cet instant, je la sentais, chaude et insistante, j'avais conscience de sa présence. Elle s'était transformée en distraction dont je n'avais pas besoin, comme les rêves.

Il n'y avait plus d'homme dans ma vie. Ni prétendant ni galant. Je n'étais que la jeune veuve qui vivait et travaillait à la pension de famille. Les Anderson avaient accepté de me recueillir à l'âge de quatre ans, quand j'avais été placée dans un train et envoyée à l'ouest pour être adoptée. J'avais grandi avec leur fils, Charles, qui avait quelques années de plus que moi. À mes dix-huit ans, l'épouser m'avait semblé naturel. Avec le recul, je réalisais que Mme Anderson avait sans doute voulu me garder pour que je continue de travailler gratuitement, plutôt que de me voir épouser un autre homme du village. Les alternatives étaient rares, et j'avais accepté de l'épouser sans hésiter. C'était peut-être mon jeune âge ; c'était peut-être mon inquiétude à l'idée de ce que je deviendrais si Charles épousait quelqu'un d'autre. J'aurais sûrement été démunie, sans nulle part où aller. Selby se trouvait sur la ligne de chemin de fer et devenait plus prospère, mais il n'y avait pas beaucoup de possibilités de travail pour les femmes non mariées.

Quand Charles et sa mère étaient décédés, j'avais choisi de rester avec M. Anderson, qui avait été — et était toujours — complètement désemparé. Nous étions deux âmes égarées. J'estimais ne pas avoir d'autre option, et j'étais restée. Je n'étais pas comblée, mais j'étais en sécurité. Avec ces rêves, cependant, je me demandais si la sécurité était aussi agréable que la liberté.

Le bruit familier de pas au-dessus de la tête indiquait que M. Anderson se réveillait. C'était un homme d'habitudes, et il arriverait dans cinq minutes pour se laver les mains et boire son café. Je chassai mes pensées idiotes et laissai le rêve se dissiper alors que je commençais une nouvelle longue journée de travail. Je saisis mon panier et sortis par la porte de derrière pour aller chercher des œufs pour le petit-déjeuner.

———

Maddox, Quelque Part dans le Territoire du Montana, la Terre

Je me réveillai en sursaut. Mon cœur battait la chamade et mon sexe palpitait dans les confins de mon pantalon rugueux et inconfortable. Je passai la main sur mon érection et poussai un sifflement de douleur. Mon rêve. Par les dieux. C'était mon rêve qui avait provoqué ça.

Non, c'était elle la responsable. Ma compagne. Elle était ici, sur cette planète arriérée.

— Comment est-ce possible ? murmurai-je aux étoiles encore visibles à la lueur de l'aube.

La poitrine soulevée par des halètements, le cœur battant, je m'allongeai sur le dos sur le sol dur et regardai le ciel nocturne, essayant de me rappeler son visage, sans succès.

Je déboutonnai mon pantalon et sortis mon sexe. Je le saisis fermement à la base, et le caressai avec la paume de ma main. Me réveiller avec une érection n'était pas rare, c'était même un événement banal, mais ce jour-là, c'était différent. Je me languissais d'elle. J'avais *besoin* de baiser, de m'enfoncer dans une femme... dans *cette* femme.

Je n'avais pas besoin de ce désir, de cette distraction. Je traquais Nero depuis qu'il s'était évadé d'Incar, la colonie pénitentiaire située sur notre lune la plus proche. Nero s'était échappé avec deux autres criminels, mais ceux-là, je m'en fichais. Je n'avais pas traversé cette putain de galaxie pour les chasser. Je voulais la tête de Nero sur une pique. J'avais volé un cheval et je le traquais depuis que nous avions atterri. J'avais presque réussi à le capturer. Mais j'avais commencé à soupçonner que Nero savait que j'étais ici, qu'il savait que j'étais venu accomplir la vengeance que ma famille réclamait.

J'ignorais pourquoi il avait choisi la Terre, une planète si primitive qu'elle n'était même pas éligible pour rejoindre la Coalition Interstellaire. Cette planète était-elle un refuge secret pour les criminels de cette zone de la galaxie ? S'était-il mis en contact avec d'autres criminels recherchés cachés parmi les habitants de la Terre ? Ou cette planète lui offrait-elle autre chose ? Un terrain où semer la terreur et prendre le pouvoir grâce à sa rapidité, sa force et sa technologie supérieures ?

Pour la première fois de ma vie, je ne savais pas ce que voulait mon vieil ami d'enfance. Et cela le rendait d'autant plus dangereux.

Sur le moment, la peine de prison à vie dont avait écopé Nero m'avait semblé suffisante pour étancher ma soif de vengeance. Mais il s'était enfui et s'était réfugié sur cette planète, alors ma famille m'avait envoyé là pour que justice soit faite.

Ma sœur décédée serait vengée.

Mais à présent, tout était chamboulé par un simple rêve. Ma vengeance était mise entre parenthèses. Trouver ma compagne n'avait pas fait partie du plan, mais elle était devenue ma priorité.

Je serrai le poing et fis un, puis deux va-et-vient en poussant un grognement alors que le désir me courait dans les veines.

— Merde. Ce n'est pas le moment.

J'étais là pour pourchasser un tueur, pas une femme, mais je ne pouvais pas renier mon rêve. Ni la marque d'accouplement qui me brûlait la paume. Elle était là. Et ce rêve... Bon sang, ce rêve ne cessait de revenir. Je m'en souvenais, je me souvenais d'elle. De son contact : doux, soyeux et chaud. Le goût de sa peau, une saveur de fleurs et de soleil. Les sons qu'elle faisait : une surprise délicieuse et un désir nouveau.

Sur ma paume, la marque d'accouplement palpitait et brûlait alors qu'elle glissait de haut en bas sur mon sexe, alors qu'elle absorbait le liquide pré-séminal qui s'échappait de ma fente. Toute ma vie, cette fichue marque était restée en sommeil, complètement inerte, tout comme mon espoir de trouver ma compagne marquée.

Mais à présent que nous avions atterri sur cette planète primitive ? Ma marque s'éveillait, brûlante, rendant mon sexe lourd et ma peau ultra-sensible au toucher. J'avais rêvé d'*elle*. De ses baisers. De son contact. Je voulais la revendiquer, l'emplir de mon sexe et la marquer comme mienne. J'avais ressenti le désir irrépressible de la pénétrer profondément pour lui emplir le ventre de ma semence, mais son esprit s'était rebellé et elle s'était arrachée au rêve, s'était réveillée avant que je puisse atteindre la délivrance.

Je me remémorai son goût, ses hanches qui ondulaient pour aller à la rencontre des miennes, et je caressai mon sexe avec force, impatient de jouir.

— Tu es à moi.

À l'idée de l'avoir trouvée, d'être le seul homme à la toucher et à la posséder, mon sexe se contracta dans ma main alors même que mon esprit se révoltait à l'idée de retarder ma traque de Nero.

Seul le Divin serait assez audacieux pour me tenter avec une compagne ici, si loin de mon monde natal, je ne l'aurais jamais trouvée autrement. Les rêves étaient plus qu'un signe ; c'était un appel, un instinct que je n'avais aucune chance de pouvoir ignorer. Une compagne marquée ! Trouver l'autre moitié de son âme était un honneur.

Les rêves étaient un cadeau, et chaque soir, j'avais accueilli les aperçus de sa peau, la sensation de ses cuisses laiteuses, la chaleur de son sexe, le fluide collant de son excitation. Ses mamelons durs contre mon torse. Son goût. Tout.

Je me caressai avec plus de force en me rappelant notre baiser. Le souvenir de ses lèvres douces me poussa à me cambrer sur le sol, à lever les hanches alors que mes bourses se contractaient. Les sons qu'elle avait émis, sa surprise pleine d'innocence et sa découverte du plaisir firent monter un orgasme à la base de ma colonne vertébrale, mon sperme presque bouillant. Il jaillit, jet après jet, alors que je revivais la sensation de son corps qui atteignait la jouissance grâce à de simples effleurements sur son clitoris.

— Compagne, grognai-je dans la nuit alors que ma semence me recouvrait la main, glissait sur la marque qui s'était enfin éveillée.

Je ne connaissais pas son nom, mais je la retrouverais et la revendiquerais.

— À moi, jurai-je, avec une respiration sifflante.

Je levai les yeux vers les étoiles alors que je récupérais, mon corps rassasié pour le moment, conscient qu'Everis se trouvait quelque part là-haut, les étoiles jumelles autour desquelles mon monde natal orbitait formaient deux lumières insignifiantes parmi des milliards d'autres dans le ciel nocturne.

Lors de mes premières années d'école, j'avais écouté aussi attentivement que le reste de mes camarades pendant qu'on nous enseignait l'histoire des planètes de la Coalition et de notre monde natal, Everis. Mais à présent, ces leçons me réconfortaient, car je savais qu'il y a bien longtemps, des habitants d'Everis s'étaient dispersés à travers les galaxies, colonisant de nouvelles planètes. Certains avaient dû arriver jusqu'ici, sur Terre. La présence de ma compagne dans les environs en était la preuve incontestable.

Mais quelque chose avait dû arriver à mes ancêtres, car il n'y avait pas de technologie ici, et personne n'était conscient de l'existence d'autres formes de vie au-delà de leur petit monde bleu. Les habitants de la Terre ne voyageaient pas dans l'espace. Il n'y avait même pas de transport aérien dans l'atmosphère de la planète. Ils se servaient encore de bêtes de somme pour assurer leurs déplacements. La vie était simple, primitive, et pourtant, il y avait des marqués. Des descendants.

Des camarades.

Il fallait immédiatement prévenir les Sept. Il faudrait inclure la Terre dans notre prochaine cérémonie de Récolte. En attendant, je traquerais la femme qui hantait mes rêves. Je la pourchasserais. La trouverais. La revendiquerais.

2

Maddox

Je me servis d'un linge pour essuyer ma semence et rangeai mon sexe dans mon pantalon. Il fallait que je la trouve, car elle avait beau être ma plus grande joie, elle constituait également ma plus grande faiblesse. Ma marque ne se réveillerait que si elle était dans les environs, alertée par sa proximité. J'étais assez proche pour rêver d'elle. J'étais assez proche pour que ma marque chauffe et que je ressente des élancements.

Cela signifiait également que si Nero était suffisamment proche d'elle, en tant que mâle non accouplé de notre espèce, il sentirait sa présence et saurait qu'une femme marquée non revendiquée se trouvait non loin. Il ne rêverait pas d'elle, sa marque ne se réveillerait pas, ne le pousserait même pas à la désirer, contrairement à moi, car elle n'était pas sa véritable compagne. Mais il saurait qu'une descendante d'Everis se trouvait sur Terre. Et il y aurait des chances pour qu'il veuille la garder pour lui. Il la traquerait, et je priais pour que le Divin l'empêche de la retrouver, car sinon, elle finirait... comme ma sœur.

Je savais désormais pourquoi je n'avais jamais trouvé ma compagne sur Everis, pourquoi je n'avais jamais ressenti plus qu'une simple excitation à la vue d'une femme. Ma marque n'avait jamais chauffé, jamais brûlé comme maintenant.

Mais ma mission était de traquer Nero, de le trouver et de le traduire en justice. Les Sept, nos dirigeants, voulaient que je le capture et que je le renvoie en prison. J'avais plutôt envie de l'abattre pour ce qu'il avait fait à ma sœur jumelle, Maddilline. Ma Maddie. J'étais plus que disposé à mettre fin à ses jours. C'était ce que je voulais par-dessus tout. Mais la brûlure cinglante de ma marque exigeait que je change de plan.

Il fallait que je trouve ma compagne marquée. Je n'avais pas le choix. Mon corps ne me laissait pas d'alternative. Rester séparé d'elle deviendrait douloureux, et mon excitation deviendrait de plus en plus intense jusqu'à ce que je devienne fou. Mon désir pour elle guiderait chacune de mes pensées. À chaque instant, je me demanderais où elle était, ce qu'elle faisait, si elle était en sécurité. Je deviendrais l'esclave de mon sexe, de la semence que mon corps voulait que je lui plante dans le ventre. Je deviendrais obsédé par le besoin de la marquer, de la protéger, de la baiser, de la revendiquer pendant que nos paumes se joindraient, pendant que nos marques véritables nous lieraient en tant que compagnons. Pour toujours.

Elle serait à moi.

Non, elle était déjà à moi. J'avais simplement besoin de la trouver.

Je ne pouvais pas perdre de temps.

Je plaçai ma main derrière mon oreille pour activer le

système de communication intégré à mon crâne, l'Osteo-Con, aussi appelé O-C.

— Commandant.

— Oui ?

Les mots de notre commandant, Thorn, étaient retransmis clairement, sa voix grave comme une intruse dans ma tête, au milieu des herbes hautes qui ondulaient dans la prairie et des chants d'oiseaux qui ponctuaient l'aube. Nous avions suivi une balise géographique placée sur le vaisseau de Nero jusqu'à cette planète. Nous étions quatre chasseurs, chacun avec une proie différente.

Comme les crimes de Nero avaient été commis contre ma famille, il était à moi. Thorn chassait pour le compte de notre élite dirigeante, les Sept, et sa cible était un homme qui avait assassiné l'un des généraux les plus hauts gradés de la Flotte de la Coalition. Jace et son frère, Flynn, étaient des mercenaires purs et durs, seulement intéressés par la prime qu'ils obtiendraient en capturant leur cible. Les deux frères étaient des guerriers féroces, sauvages et turbulents, qui avaient grandi sur le mystérieux continent nommé Ryntor. Je n'avais pas beaucoup d'informations sur eux, mais je savais qu'ils étaient des membres peu importants de leur famille, avec plusieurs frères aînés. Ils avaient peu de chances d'hériter d'une grande fortune ou de terres, et ils avaient décidé de se faire une place par eux-mêmes dans l'univers. Ils disaient être là pour la prime, mais j'étais persuadé que les deux frères chassaient avant tout pour s'amuser.

En fait, il était impossible d'en avoir la certitude, car la prime accordée pour chaque objectif était plus que suffisante pour ne plus jamais avoir à traquer d'autres cibles.

L'utilisation du vaisseau d'élite à longue portée appartenant aux Sept était un autre privilège, auquel je ne m'étais pas attendu. Le vaisseau était plus grand que ce qu'exigeaient nos besoins, conçu pour un équipage de vingt personnes. Tous les quatre, nous avions l'impression d'être des fantômes à bord d'un vaisseau abandonné pendant les six jours de voyage à aller de station en station jusqu'à la Terre. À présent, notre vaisseau était bien caché dans les montagnes qui se trouvaient derrière moi. L'*Aurore* possédait des boucliers et des armes sophistiquées capables d'assurer la sécurité de ma compagne, si je parvenais à lui faire quitter cette planète primitive et à la ramener à bord du vaisseau.

— C'est Maddox, dis-je.

Je soupirai, conscient que Thorn ne serait pas ravi de ce que j'allais lui dire.

— Il y a un problème, ajoutai-je.

Silence. Je regardai le ciel devenir gris à l'est. L'unique étoile de la Terre allait bientôt se lever.

— Expliquez.

Thorn n'était pas du genre à gaspiller sa salive quand seuls quelques mots suffisaient.

— Je viens de me réveiller de mon quatrième rêve partagé. Ma marque est en feu, Thorn. Ma compagne est ici.

Nouveau silence.

— Votre compagne est ici ?

La surprise de Thorn me parvint par le dispositif de communication, aussi clairement que s'il était assis à côté de moi.

— Vous en êtes sûr ? ajouta-t-il.

— Oui.

Je repensai au doux contact des cuisses de ma compagne, à ses parois humides serrées autour de mon sexe. Oui, j'avais rêvé d'elle.

— Je ne peux pas courir le risque que Nero la trouve. Je

ne peux pas la laisser sans protection. Je dois la mettre en sécurité à bord de notre vaisseau avant de pouvoir terminer cette traque.

Mais une fois que ma compagne serait en sécurité, je chasserais Nero, il n'aurait aucun répit.

— Je ne l'ai pas repérée, répondit-il.

Il n'avait pas encore trouvé sa compagne marquée, lui non plus. En fait, aucun d'entre nous à bord du vaisseau n'était accouplé, car dans le cas contraire, nous n'aurions jamais laissé notre compagne sur Everis pour nous lancer dans une mission pareille.

— Elle est à moi, grondai-je presque, mais mon commandant éclata de rire.

Ses mots suivants apaisèrent quelque chose de sombre et de possessif qui s'élevait en moi, de plus en plus fort.

— Je dois me trouver en dehors de sa zone de proximité.

— Bien. Restez-y, dis-je.

Il rit.

— Calmez-vous, Maddox. Je n'ai pas l'intention de convoiter une femme non accouplée, surtout si elle est vraiment à vous.

L'idée que ce grand homme, avec sa force de guerrier et ses traits féroces, puisse la séduire, uniquement parce qu'elle était non accouplée et toute proche, me fit serrer les poings. Beaucoup de femmes d'Everis convoitaient Thorn et faisaient la queue pour sauter dans son lit. Je n'avais pas pour habitude de penser à lui et de me demander pourquoi les femmes le désiraient. Il était grand, comme moi, mais là où j'étais brun avec des yeux bleu glacier, il était blond avec des yeux si foncés qu'ils semblaient se fondre avec l'obscurité de l'espace.

— Elle est à moi, répétai-je, poussé par mon désir d'accouplement.

— Bien sûr, dit-il d'un ton ferme. Vous commencez déjà à perdre tout bon sens. Ne vous inquiétez pas. J'ai ma propre traque à l'esprit. Nero n'est pas le seul enfoiré à s'être échappé. Allez chercher votre compagne, et rappelez-moi une fois qu'elle sera en sécurité.

Le soulagement me submergea. Si Thorn avait décidé de faire appel à Jace et Flynn pour m'aider, j'aurais été constamment sur les nerfs, prêt à me battre avec eux pour la protéger. Je savais que j'étais capable de m'occuper de Nero. Je le connaissais. Connaissais sa façon de faire. Sauf en cas de force majeure, je préférais tenir ma compagne à l'écart de tous les autres hommes d'Everis. Même de Thorn. Si j'avais besoin de leur aide, ils viendraient immédiatement, je n'en doutais pas. J'espérais simplement que ce ne serait pas nécessaire.

— Bien. Restez loin, loin d'elle, sauf si je vous appelle, répondis-je.

C'était la première fois que je me montrais irrespectueux envers mon commandant.

— Compris.

J'entendis une note amusée dans la voix de Thorn, mais il reprit son sérieux et ajouta :

— Nero ne sera pas si compréhensif. Trouvez-la vite, Maddox. Je n'ai pas besoin de vous dire ce qu'il fera s'il la trouve en premier.

Mes narines se dilatèrent de colère.

— Non, ce n'est pas nécessaire.

Si Nero découvrait que la terrienne était ma véritable compagne, il lui ferait du mal pour me détruire, comme il avait tenté de détruire ma famille.

— Il ne sait pas ce qu'elle représente pour moi.

— Peu importe. C'est une ordure. Il est capable de lui faire du mal simplement pour l'entendre crier. Trouvez-la et ramenez-la à bord du vaisseau, où nous pourrons la protéger.

— Entendu.

Savoir qu'elle était ma compagne me désavantageait, mon esprit désormais troublé par l'avidité, par le besoin de baiser. Si Nero était au courant de sa présence sur Terre, il la chercherait avec les idées claires et une précision calculatrice. Dans le meilleur des cas, ce serait la curiosité qui le motiverait. Dans le pire des cas... je ne pouvais pas y penser.

Je partageais ses rêves, sa présence aimantant mes sens avec plus de précision que le système de navigation du vaisseau le plus avancé de l'univers. Elle serait dans mes bras à la tombée de la nuit.

J'ignorais qui elle était, mais j'en savais assez. Je savais quel goût elle avait. Je savais que j'avais besoin de la sentir sous mon corps, mon sexe enfoncé en elle, de l'emplir de ma semence, de la marquer et de la faire mienne pour toujours. Elle ne serait pas en sécurité tant qu'elle n'aurait pas été revendiquée et installée à bord de notre vaisseau.

J'avais oublié Thorn, jusqu'à ce qu'il reprenne la parole :

— Je vais informer Jace et Flynn, mais nous ne nous approcherons pas, sauf si vous nous appelez. Ou en tout cas, pas avant que vous soyez accouplé.

— Je vous tiendrai au courant, mais je pense que je n'aurai pas besoin de traquer Nero. Quand il sentira la présence de ma compagne, c'est lui qui viendra à moi.

Nous pourchassions tous des hommes intelligents et rusés, des hommes qui avaient concocté un plan pour s'échapper des mines de la lune d'Everis, qui étaient censées être une prison infaillible. Ils étaient les premiers en trois cents ans à échapper aux mines d'Incar, et les Sept au pouvoir voulaient savoir comment ils avaient fait. Nous soupçonnions tous qu'ils avaient reçu de l'aide de l'intérieur, d'un traître, mais nous devions capturer les prisonniers avant de découvrir la vérité.

C'était le problème de Thorn, pas le mien. Je voulais seulement mettre ma compagne en sécurité et tuer Nero, dans cet ordre. Apparemment, Thorn était d'accord.

— Assurez-vous simplement de la trouver en premier. Revendiquez-la. Accouplez-vous, et protégez-la.

Je hochai la tête, mais il ne pouvait pas me voir.

— J'y compte bien. Terminé.

Je mis fin à la communication et vis le ciel virer au rose, les étoiles de ma galaxie disparaissant sur le passage des couleurs de l'aube terrienne. Le spectacle était magnifique et ressemblait un peu à un lever de soleil sur Everis, même si notre ciel était légèrement différent avec une teinte plus violette.

Je jetai une selle sur le dos du cheval que j'avais volé et pris le temps de l'installer correctement, une tâche inédite pour moi. Le cheval fit un pas de côté, agacé par mes gestes maladroits.

— Du calme, cheval. J'aurai bientôt fini.

Je donnai de petites tapes sur l'encolure du gros animal intelligent jusqu'à ce qu'il s'apaise, et je terminai de fixer la selle. Je me dépêchai de charger la petite quantité de matériel en ma possession dans les sacoches et ignorai mes mains tremblantes.

Il fallait que je la trouve. Le rêve reviendrait ce soir, chaque nuit, jusqu'à ce que nous joignions nos marques, jusqu'à ce que nous soyons accouplés. Mais ce n'était plus le rêve que je voulais, c'était elle.

Je passai mon pied dans l'étrier et m'installai sur l'animal, puis le fis tourner dans la direction de ma compagne et lui donnai un coup de pied pour qu'il aille au galop. Deux mots me trottaient dans la tête.

À moi.

Cassie

— M. Bernot demande plus de café, me dit M. Anderson en se servant d'un chiffon pour soulever la casserole de la cuisinière.

— Ça ne m'étonne pas, murmurai-je toute seule.

C'était l'heure du dîner, et les pensionnaires finissaient leur poulet, accompagné de haricots verts que j'avais cueillis dans le jardin. Je fouettais la crème pour le dessert : une tarte aux myrtilles. De ma main libre, je m'essuyai le front ; la cuisine était surchauffée à cause du four et de la cuisinière, même avec la porte de derrière entrouverte.

La cloche près de la porte d'entrée tinta. M. Anderson soupira et posa la casserole sur la cuisinière.

— Et moi qui voulais vous aider.

Je lui adressai un petit sourire, mais lorsqu'il quitta la pièce pour répondre à la porte, ma gaieté affectée s'envola. M. Bernot représentait un problème, et il avait pour habitude de poser une main indésirable sur mon derrière lorsque je le servais à table.

Aucun des autres invités ne le remarquait, car il était très discret. Soit ça, soit les autres hommes s'en fichaient. Quand je jetais un regard noir à M. Bernot, il se contentait de sourire. Il était plutôt beau, avec des cheveux bruns et une moustache, mais les regards qu'il me lançait me faisaient froid dans le dos. En attendant son départ, j'avais prévu de passer plus de temps dans les cuisines que d'habitude et de verrouiller la porte de ma chambre. J'avais beau dormir dans le grenier, il fallait que je sois prudente.

Mais il fallait que j'aille lui servir un café, ou M. Anderson penserait que je ne prenais pas mon travail au sérieux.

Je reposai le fouet et le bol, m'essuyai les mains sur un chiffon, et saisis la cafetière. Nous accueillions actuellement deux pensionnaires, M. Bernot et un monsieur plus âgé, un veuf qui prévoyait de rester avec sa sœur pendant l'hiver.

J'étais devenue veuve à vingt et un ans, et j'avais beau me sentir un peu seule, ma vie n'était pas très différente de celle que j'avais menée quand mon mari, Charles, était encore en vie. Mais notre pensionnaire avait vécu plus de quarante ans avec sa femme avant son décès, et il semblait triste et complètement perdu sans elle.

Je me dirigeai vers la table de la salle à manger et remplis d'abord la tasse de l'homme âgé, comme l'exigeaient les convenances. J'aurais préféré pouvoir me pencher sur la table pour atteindre la tasse de M. Bernot, assis en face, mais il avait fait en sorte de la mettre hors de ma portée, m'obligeant à faire le tour de la table pour le servir.

Salopard.

Persuadée que mon sourire forcé ne touchait pas mes yeux, je fis le tour de la table et lui versai son café. Sans surprise, il me mit la main aux fesses. Je me raidis et reculai, mais il pressa sa paume contre mon derrière, m'empêchant de partir. Le vieil homme ne remarquait rien, trop occupé à verser du sucre dans sa tasse fumante.

— M. Bernot... sifflai-je, prête à lui dire d'aller au diable, mais M. Anderson entra dans la pièce et je tins ma langue par respect, peu désireuse de faire une scène devant un pensionnaire potentiel, car M. Anderson n'était pas seul.

— Et comme vous le voyez, nous prenons nos repas ensemble. Le petit-déjeuner est à sept heures, le déjeuner à midi et le dîner à dix-sept heures.

M. Bernot profita de ma politesse : alors que M. Anderson escortait un bel homme dans la salle à manger, il me pinça les fesses. Je l'aurais bien giflé au visage, mais la tâche de naissance sur ma paume, qui jusqu'à présent n'avait fait que palpiter et irradier une légère chaleur, me brûlait désormais au point de me donner l'impression d'avoir la main au-dessus d'une flamme de bougie. La douleur me lancina pendant plusieurs secondes avant de s'estomper rapidement, mais je ne pus retenir une exclamation surprise.

La commissure des lèvres de M. Bernot se souleva, et je reconnus son regard. Il croyait que mon halètement était un encouragement à continuer, ce qui était complètement faux.

— Ça sent délicieusement bon. Je regrette d'être en retard pour le repas de ce soir.

Je levai brusquement la tête, certaine d'avoir déjà entendu cette voix grave. J'ignorai M. Bernot pour examiner l'homme qui se tenait à côté de M. Anderson sur le seuil de la salle à manger. À côté de la silhouette courtaude et ronde de mon employeur, le nouveau venu était un géant. Il tenait son chapeau à la main, mais sa tête frôlait le cadre de la porte. Il était massif, avec un torse et des épaules larges. Mais il n'avait pas de graisse du tout. Seulement des muscles nerveux. Partout.

Je remarquai ses cheveux noirs, ébouriffés par son chapeau, mais ses longueurs formaient de légères boucles dans lesquelles j'aurais voulu passer les doigts. Sa mâchoire était carrée et couverte d'un début de barbe. J'avais l'envie absurde de passer les lèvres le long de sa mâchoire et de la goûter. Mais ce furent ses yeux d'un bleu saisissant qui attirèrent mon attention, qui me fascinèrent, surtout qu'ils étaient braqués sur moi. Pas sur mon visage, mais sur la main de M. Bernot sur mes fesses.

Mes joues s'empourprèrent et je m'efforçai de me dégager. Je tournai les talons et me précipitai dans la cuisine pour remettre la casserole sur le feu. Je passai le pouce sur ma tâche de naissance, qui ne brûlait plus, mais palpitait en rythme avec mon cœur.

Cet homme. C'était *lui*.

L'homme de mes rêves.

3

assie

Dans mes rêves, le visage de mon amant ne m'avait jamais été révélé, mais je connaissais cette voix. Son timbre grave, son côté rocailleux. Il parlait du dîner, mais c'était les mots « je te retrouverai » que je n'oublierais jamais.

Appuyée contre le plan de travail, je me frottai la paume pour qu'elle arrête de me picoter. Mes rêves ne pouvaient tout de même pas devenir réalité. Je devais entendre des voix. Son timbre était similaire, mais pas identique. Ça ne pouvait pas être le même homme. C'était tout bonnement impossible. Personne ne pouvait rêver d'un inconnu et le rencontrer ensuite.

Mais alors, pourquoi mon corps réagissait-il de façon si viscérale ? Ma respiration était haletante, ma peau rouge et brûlante. Ce n'était pas à cause de la cuisinière. Non, cette chaleur venait de l'intérieur, de mon corps, comme s'il se préparait pour lui, impatient d'être touché. Sous mon corset, mes tétons devinrent durs et sensibles contre le tissu rigide. Et plus bas, plus bas, je souffrais.

Je ne savais pas quoi faire. Je me sentais... sur les nerfs, perturbée. Je fis les cent pas dans la petite cuisine. D'avant en arrière, je passai le pouce sur ma tache de naissance. J'avais servi le café, et je n'avais aucune raison de regagner la salle à manger. Agitée, je ramassai mon bol et me remis à fouetter la crème. J'avais plus d'énergie, plus de ferveur, et je me défoulai sur la garniture de la tarte. M. Anderson entra dans la pièce en parlant tout seul, comme il en avait l'habitude. Je n'interrompis pas ma tâche, car elle dissimulait efficacement mon trouble.

— Le gentil jeune homme restera trois jours, dit-il en remplissant une assiette à ras bord avec les restes du dîner.

Gentil n'était pas le mot que j'aurais utilisé pour décrire cet homme. Puissant, ténébreux, passionné. Et son sexe. Je connaissais la sensation qu'il provoquait, son épaisseur qui m'étirait, qui m'emplissait toute entière. Je connaissais son odeur, son goût. Je savais que ses hanches étaient puissantes, que ses baisers étaient intenses.

— Je lui prépare une assiette, qu'il pourra manger pendant que les autres prendront le dessert, dit-il. Et bien, Cassie, cette crème est parfaite.

Je baissai les yeux et constatai que la crème était épaisse et ferme. J'avais eu le regard perdu par la fenêtre de derrière, toute à mes pensées, et je ne m'en étais pas rendu compte. Alors que j'aidais M. Anderson à placer des parts de tarte dans les assiettes et à les surmonter de crème, je me remis à penser à *lui*. Sa chemise bleu pâle lui moulait le torse. Son pantalon tombait bas sur ses hanches étroites et ne parvenait pas à dissimuler des cuisses solides. Mon rêve — non, mes rêves, car ils m'avaient assaillie quatre nuits de suite — me revint à l'esprit, ainsi que la sensation du corps de cet homme sur le mien. Je l'imaginai en train de me toucher, de passer son genou entre mes jambes, de se glisser en moi, de me lever le menton pour m'embrasser.

Et désormais, je savais à quoi ressemblait son visage.

— A-t-il...

Je me léchai les lèvres et tentai de ne pas prendre une voix curieuse lorsque je repris :

— A-t-il un nom, ce nouveau venu ?

M. Anderson posa les assiettes de tarte sur un plateau.

— M. Maddox.

Il souleva le plateau et se dirigea vers la porte, qu'il ouvrit d'un coup de hanche pour pénétrer dans la salle à manger.

M. Maddox.

Je me posai une main sur le ventre. J'avais l'impression que des papillons, des abeilles — non, des frelons — y voletaient. Je ne l'avais aperçu que durant quelques secondes, mais j'avais réussi à assimiler énormément de détails. Je posai ma main sur le dossier d'une chaise soigneusement rangée sous la table, et je tentai de m'imaginer ce qu'il avait pensé de moi. Il avait balayé toute la pièce des yeux, les pensionnaires, puis moi. Il s'était concentré sur moi, ses yeux clairs, observateurs. Oh, grand Dieu.

Mes cheveux étaient en désordre, et j'avais passé ma journée à travailler en cuisine. Mon front était couvert d'une pellicule de sueur alors que mon corps tentait de survivre à la chaleur du poêle en plein mois de juillet. Pire encore, ce n'était pas vraiment moi que M. Maddox avait regardé. C'était la main de M. Bernot sur mes fesses.

Il avait dû me prendre pour une catin, qui permettait aux pensionnaires de la toucher de façon si inappropriée. L'idée qu'il pense cela de moi me donna immédiatement les larmes aux yeux. J'étais dévastée. Pourquoi ? Je l'ignorais. J'avais passé moins d'une minute en présence de cet homme. Il était normal que je sois gênée d'avoir été surprise en telle posture, mais c'était M. Bernot le responsable, pas moi. Je me sentais tout de même honteuse, et c'était aussi pour cela que je n'avais pas averti M. Anderson des avances du pensionnaire.

M. Anderson m'aurait crue, mais il n'aurait pas pu réprimander M. Bernot, car c'était la parole d'une femme contre la sienne. M. Bernot aurait sans doute prétendu que je l'avais provoqué, que j'étais une veuve désireuse de trouver le réconfort dans les bras d'un homme de passage. Qu'aurait pu faire M. Anderson ? Se passer de l'argent de cet homme ? Ce genre de choses était déjà arrivé, et je m'étais contentée de sourire et de passer outre, d'accepter mon sort de femme de l'Ouest américain. Mais cette fois, M. Maddox avait remarqué ce geste inapproprié, et pour une raison mystérieuse, ce qu'il pensait m'importait énormément.

M. Anderson revint dans la cuisine en grommelant à voix basse alors qu'il posait le plateau vide sur la table, puis il s'arrêta pour me regarder.

— Qu'y a-t-il ? me demanda-t-il, les sourcils froncés par l'inquiétude.

Je reniflai. Je n'étais pas prête à lui dire la vérité, car je n'y comprenais rien moi-même. De plus, c'était un homme, et il ne comprendrait pas mes désirs féminins et mes fantasmes romantiques. Je ne pouvais pas lui dire que M. Maddox me faisait ressentir des choses, désirer des choses que je n'avais encore jamais imaginées. Je ne pourrais jamais lui expliquer que l'étrange cicatrice que j'avais sur la paume me picotait et me brûlait, ou qu'un désir méconnu me mouillait l'entrejambe. Il ne comprendrait pas ça.

J'étais chamboulée par mes émotions. C'était la fatigue, peut-être ? Mes rêves m'avaient réveillée quatre nuits de suite. Mes larmes n'avaient aucune explication sérieuse, mais je savais au fond de moi que si j'étais bouleversée, c'était à cause de M. Maddox.

— Je... je me suis brûlé la main, dis-je.

Je l'agitai en l'air, mais très vite, pour qu'il ne voie pas qu'elle n'était pas rouge. C'était ce qui se rapprochait le plus de la vérité, car ma marque me brûlait bel et bien.

Il haussa un sourcil et me regarda d'un drôle d'air, puis il montra la porte d'un signe de tête.

— Allez dehors pour vous rafraîchir. Il sera bientôt l'heure de faire la vaisselle.

Je ne répondis pas et me contentai de hocher la tête et de filer. Les corvées du soir ne s'effectueraient pas toutes seules, mais la vaisselle pouvait attendre.

Je fis le tour du poulailler et me servis de la pile de petit bois pour grimper sur le toit. Je m'y assis, la tête posée sur mes genoux pliés. C'était le seul endroit pour m'accorder un peu de solitude dans la pension. Je regardai la prairie, qui s'étalait sur des kilomètres, l'herbe agitée par la brise d'été, scintillant comme de l'or sous le soleil couchant.

Je m'imaginais souvent comme un personnage de l'un des contes de fées de Grimm, surtout celui sur la pauvre fille obligée de travailler incessamment, de dormir près de la cheminée et de se réveiller couverte de suie. Elle s'appelait Aschenputtel. Elle avait une vie misérable, bien pire que la mienne. J'avais un travail correct et un bon employeur, un homme pieux qui me donnait un salaire décent et un toit au-dessus de la tête après une honnête journée de travail. À l'occasion, M. Anderson se montrait très gentil. Je n'étais pas une esclave avec de méchantes demi-sœurs ou une méchante belle-mère qui voudraient me voir morte. Il n'y avait pas d'arbre magique, pas d'oiseaux en guise d'amis, de pantoufle de vair enchantée, pas de prince venu d'un château lointain qui me chercherait après le bal pour me supplier de l'épouser.

Il n'y avait que moi, l'orpheline devenue veuve qui consacrait sa vie à servir les autres, des gens qui vivaient des aventures inaccessibles.

Et voilà que je me retrouvais à faire des rêves obscènes

toutes les nuits, où se trouvait un homme que je ne connaissais pas et que je ne pourrais jamais avoir. Mais que Dieu me vienne en aide, je le voulais. Je voulais revivre la sensation qu'il avait provoquée en moi lorsqu'il m'avait touchée dans mon rêve. Dans ses bras, je m'étais sentie chérie, importante. Je m'étais sentie aimée, et c'était une chose que je n'avais jamais connue, car aux yeux de Charles, j'avais été une compagne utile, mais jamais désirée.

Pleurer ne me servirait à rien, ne m'apporterait pas de réconfort, pas de répit dans cette vie solitaire. Mais alors que je repensais à l'homme de la salle à manger, je fus tout de même prise de sanglots.

Maddox

Je choisis une chaise en face de l'imbécile qui avait osé toucher ma compagne, et je mangeai le repas simple sans faire attention à sa saveur. Ma compagne avait disparu ; j'avais entendu l'homme d'âge mûr, M. Anderson, lui dire d'aller dehors pour faire une pause. Ce qui, dans mon état d'esprit actuel, avait sans doute sauvé la vie de M. Bernot. Si j'avais été obligé d'assister à nouveau à ses avances importunes, j'ignorais si j'aurais été capable de maîtriser mon instinct animal.

Ce salopard tenta même de me faire la conversation :

— Alors, M. Maddox, d'où avez-vous dit être originaire, déjà ?

— Je ne l'ai pas dit.

— Ah... Vous êtes comme ça, hein ?

Il essuya la crème qui collait à sa moustache ridiculement bouclée et hocha la tête comme s'il était un sage et que j'étais son élève.

— N'ayez crainte, poursuivit-il, vous n'avez pas besoin de vous livrer, si vous n'en avez pas envie.

— Parfait.

M. Bernot leva sa tasse de café et fit signe à notre hôte.

— Mlle Cassie est disponible ? Dites-lui que je veux du café.

Je me levai et passai la main autour du petit poignet de M. Bernot pour l'obliger à reposer sa tasse sur sa soucoupe, le liquide noir éclaboussant la nappe. Je me penchai vers lui et murmurai :

— Si vous touchez encore à Cassie, je détacherai la main incriminée de votre corps. C'est bien compris.

Il me regarda fixement, sa pomme d'Adam bondissant comme s'il ne pouvait pas s'empêcher d'avaler sa salive. Quand il ne répondit pas, je le relâchai, fis un signe de tête à M. Anderson, qui souriait, et je sortis par la porte de devant pour me retrouver dehors, au milieu des arbres agités par le vent, du bourdonnement des abeilles et du chant des oiseaux.

Cassie. Ce nom me parcourut tout le corps, et je le répétai, satisfait par ce son. Il lui allait bien, féminin et sensuel.

À moi.

Ma marque se mit à me brûler de plus belle. Cassie était proche, très proche, et je mourais d'envie de toucher sa peau, de découvrir si elle était aussi douce que dans mes rêves. Son odeur serait-elle la même ? Émettrait-elle les mêmes petits bruits dans la réalité lorsque je lui ferais plaisir ?

Mon sexe durcit, mais je l'ignorai et fis le tour de la grande bâtisse, tous les sens en alerte. Lorsque j'arrivai derrière la maison, je souris en voyant les douces créatures qui se trouvaient dans le jardin. Des oiseaux dodus s'approchaient de moi comme s'ils attendaient que je leur donne une friandise. Leur chef, un animal marron et blanc avec de grands yeux bruns et un bec jaune, me pinça même le pantalon.

Un rire délicat et féminin flotta au-dessus de moi, et je me retournai, puis levai la tête pour découvrir ma compagne, assise sur le toit. Son sourire était sincère, et la voir me fit bondir le cœur.

À moi.

— Vous devriez faire attention, ou Mlle Wallace risque de vous suivre partout.

— Mlle Wallace ?

De qui parlait-elle ? Je tournai sur moi-même. Il n'avait pas d'autre femme à proximité. Mes sens auraient dû m'en alerter, dans le cas contraire...

— La poule, dit Cassie.

Elle était assise, la tête posée sur un genou plié, et me regardait de haut, telle une reine. Même dans cette robe bleue toute simple, elle était belle. Royale, même.

— Je leur ai donné un nom à tous, ajouta-t-elle.

Je me fichais des noms qu'elle avait donnés à ces oiseaux, mais elle était en train de me parler, et je ne voulais pas qu'elle arrête.

— Je peux me joindre à vous ? demandai-je.

Elle me dévisagea durant un long moment, ses yeux bleus m'inspectant de la pointe de mes bottes à la nuque, où j'avais attaché mes cheveux longs avec un lien de cuir. Je me demandais ce qu'elle voyait, si le désir qui m'avait envahi en la voyant l'affectait également. Elle se frotta la paume contre les planches du toit comme si sa marque était une simple piqûre à gratter, un désagrément. Elle ne semblait pas me reconnaître, reconnaître notre lien. Elle parlait de poule, pas de caresses. D'embrassades. De revendication.

Étrange. M'étais-je mépris ? Pourquoi ne faisait-elle pas

référence à ce qui nous unissait ? Pourquoi faisait-elle semblant de ne pas savoir qui j'étais ? J'avais touché son intimité chaude, j'avais caressé son corps jusqu'à la jouissance, mon sexe profondément enfoncé en elle, et j'avais étouffé le son de ses gémissements par des baisers. Je lui appartenais, j'étais prêt à mourir pour elle, à la supplier pour qu'elle m'autorise à la toucher à nouveau, et elle ne se souvenait pas de moi ?

4

Maddox

Le rêve avait peut-être été différent pour elle. Elle ne savait peut-être vraiment pas qui j'étais.

Quand elle me répondit, j'avais presque oublié ma question.

— D'accord.

D'accord. Elle m'autorisait à m'asseoir à côté d'elle.

Aussi impatient qu'un jeune sans expérience, je bondis sur l'étrange cabane en bois et je sautai pour m'asseoir à côté d'elle. Je fis très attention à ne pas la toucher. Le moindre contact réveillerait le feu dans mon corps, et je ne voulais pas lui faire peur, ni la prendre sur le toit d'une cabane à oiseaux. Je croisai les bras sur ma poitrine pour dissiper mon envie de la toucher, et je baissai les yeux en direction des drôles d'animaux.

— Ces créatures sont trop nombreuses. Je ne pense pas que vous leur avez donné un nom à toutes.

Ses yeux se mirent à pétiller, et je sus que je l'avais

conquise, avant même que ses lèvres roses et pleines forment les mots suivants :

— Nous en avons une douzaine. Il y a Annabelle, Alice et Annie, des sœurs de couvée que j'ai appelées en hommage à leur père, un coq que nous appelions Alexandre le Grand, avant.

J'ignorais de quoi elle parlait, mais je l'écoutai, désireux de tout savoir sur elle et sur la façon dont tournaient les rouages de son esprit. Elle me montra chaque oiseau, mais je n'avais aucune chance de retenir tous leurs noms, car l'odeur de la peau de ma compagne me titillait avec le parfum des fleurs rouges qui se trouvaient sur un treillis sur la façade de la maison. Alors que je me rendais ici, j'avais demandé le nom de cette fleur à un voyageur, car j'avais reconnu leur douce odeur. Des roses. Cela s'appelait des roses, leurs pétales aussi doux que la chair de Cassie dans mes rêves.

— Avant ? répétai-je.

— M. Anderson s'est lassé de sa litanie du matin, et j'en ai fait une tourte savoureuse.

Je secouai la tête.

— Pauvre Alexandre. C'est toujours les hommes qui ont les pires destins.

Elle haussa les sourcils, mais ne mordit pas à l'hameçon. Au lieu de cela, elle reporta son attention sur les animaux.

— Il y a Maude, Charlotte et Mary, avec le plumage roux. Elles se pavanent comme des reines, alors je les ai nommées en l'honneur de la nouvelle petite princesse née il y a quelques années à Londres.

Le rire de Cassie était contagieux, et je ris lorsque les trois oiseaux se mirent à se pavaner et caqueter comme s'ils savaient qu'ils étaient le centre d'attention de leur maîtresse.

— Tournesol, Marguerite, Rose et Tulipe étaient des

petits poussins si joyeux que je leur ai donné des noms de fleurs.

Je comptai dans ma tête.

— Ça ne fait que onze.

J'étais fichu. Je m'en rendais compte, désormais. J'avais traqué des dizaines d'hommes, des assassins et des voleurs, et je n'avais jamais été aussi troublé. J'étais un Chasseur, et pourtant, assis là, à côté de ma compagne dans la pénombre du début de soirée, j'étais hésitant. Mal à l'aise. J'avais les nerfs en pelote, et je comptais la moindre de ses respirations, de ses battements de son cœur. Son parfum m'enveloppa jusqu'à ce que j'aie l'impression de me noyer dedans, comme si son essence même saisissait mon sexe.

Son regard se fit distant et un peu triste, et je sentis mon propre sourire s'estomper. Je n'avais jamais ressenti cela auparavant, comme si mon bonheur dépendait de celui d'une autre. Je posai les mains sur les planches de bois chaudes du toit, tout près des siennes. J'étais un extraterrestre. Un intrus dans son monde innocent et enfantin composé de princesses et de fleurs.

— La dernière doit être cachée dans le poulailler. Elle a peur de son ombre, et elle est malheureuse quand elle n'est pas assise sur son nid.

Cassie se détourna et baissa les yeux sur l'étrange construction en bois qui servait à abriter ces drôles d'oiseaux si étranges.

— Elle s'appelle Claudia.

— Elle porte le nom de quelqu'un, elle aussi ?

— Oui.

Son regard croisa le mien, et je fus contrarié de constater qu'elle tentait de me cacher ses émotions.

— Je lui ai donné le nom de ma mère.

Je ne savais pas quoi dire, et je choisis des mots qui ne risquaient pas de l'offenser :

— C'est un beau prénom. J'aimerais bien rencontrer votre mère.

Cassie émit un son étrange que je ne reconnus pas et haussa les épaules.

— Moi aussi. Mais elle est morte.

Il y avait de la douleur dans sa voix, et ma main se rapprocha de la sienne, assez près pour que je sente sa chaleur.

— Je suis désolé, Cassie. Je ne savais pas.

— Comment connaissez-vous mon nom ? Et pourquoi m'avez-vous suivie dehors ?

Elle se leva et épousseta sa jupe avec plus de vigueur que nécessaire, et je me maudis d'avoir gâché ce moment passé ensemble. Il fallait que je la séduise le plus vite possible, que je la jette sur mon épaule et que je la mette au lit. Tant qu'elle ne serait pas à moi, en sécurité à bord de mon vaisseau, elle serait vulnérable aux attaques de Nero. Cela ressemblait plus à un devoir qu'à de la séduction, mais en cet instant, toutes ces considérations étaient absentes de mon esprit. Je la voulais, tout simplement. Ma compagne. Mais à présent que je me retrouvais face à elle, je réalisais que la Terre était vraiment un endroit qui m'était étranger, et qu'elle frottait sa marque comme si elle lui faisait mal, pas comme si elle lui faisait ressentir une chaleur bienvenue.

— M. Anderson a une haute opinion de vous, répondis-je. C'est pour cela que je connais votre nom. Je vous en prie, rasseyez-vous, avant de tomber.

— Et l'autre question ? demanda-t-elle.

Son regard se tournait dans tous les sens comme si elle cherchait une issue, mais elle choisit de s'asseoir, comme je le lui avais demandé. Déchiré, je ne savais pas quoi faire. Avec une femme everienne, j'aurais simplement levé la main pour lui montrer ma marque. Aucun mot ne serait nécessaire. Mais Cassie n'était pas de mon monde, et je soupçonnais qu'elle n'avait aucune idée de ce qu'étaient les marques ou de ce qu'elles signifiaient.

Mais les rêves ! Je refusais de croire que j'étais le seul à en avoir fait l'expérience.

— Quel est le problème avec votre main ? demandai-je.

Sa réponse serait révélatrice.

Elle la frotta vigoureusement sur sa jupe, mais se figea en entendant ma question.

— Rien. J'ai une tache de naissance, et elle me démange.

Elle se leva une fois de plus, complètement troublée, et bondit avec facilité sur le tas de bois posé contre l'un des murs de la cabane. Elle était trop rapide, et lorsque je me levai pour lui proposer mon aide, elle s'était déjà laissée tomber par terre avec agilité. J'avais espéré qu'elle s'arrêterait pour jeter un regard en arrière, pour me demander de la rejoindre, peut-être, mais elle ne me lança même pas un coup d'œil par-dessus son épaule alors qu'elle s'éloignait.

— Oui, c'est bien une tache de naissance, mais ce n'est pas rien. C'est une marque qui se réveille à cause de ma présence, lançai-je depuis le toit de la cabane.

J'avais presque crié, mais ma colère s'amplifia alors qu'elle s'éloignait de moi comme si je n'étais rien ni personne.

— Je ne vois pas de quoi vous parlez, dit-elle.

Elle ne se retourna pas, mais je l'entendais parfaitement.

Oh, mais c'était un mensonge. Je savais que ses épaules étaient crispées et que sa nuque avait rosi. Je me dépêchai de sauter du toit, la pourchassant comme un idiot alors qu'elle se dirigeait vers la maison.

— Je n'ai jamais répondu à votre question, Cassie. Vous ne voulez pas savoir ce que je fais ici ?

Elle s'arrêta et fit tourner les talons de ses drôles de bottes noires ornées de petits boutons. Nos femmes ressemblaient beaucoup aux humaines, mais les vêtements terriens étaient très différents de ceux d'Everis. Nos femmes portaient des pantalons longs et fluides qui tournoyaient et ondoyaient quand elles marchaient, et des hauts ajustés pour souligner leurs tailles fines et leurs seins lourds. Quand il faisait froid, leurs épaules nues étaient surmontées des fourrures les plus douces, leurs pieds couverts de bottes lisses et ajustées. La plupart d'entre elles portaient de longues chaînes en or de longueurs variables, certaines leur arrivant à la naissance des seins, d'autres à la taille, et d'autres encore leur tombant dans le dos, les pendentifs leur effleurant le creux des reins, où les bijoux attiraient l'œil sur leurs courbes. Les femmes tressaient de l'or dans leurs cheveux et portaient des anneaux d'or autour du cou, des chevilles et des poignets. Cette parure était synonyme de beauté, de tentation et de sensualité, et c'était également un moyen pour leurs compagnons de les attacher pendant les rapports sexuels.

Si une femme d'Everis offrait son or à un homme, elle lui offrait *tout*.

J'avais vraiment envie de voir le corps de Cassie paré d'or pendant que je la baiserais.

Ma compagne me dévisageait, à présent et je lui reposai ma question, ma voix plus douce afin de l'amadouer :

— Voulez-vous savoir ce que je fais ici, Cassie ?

— Non. J'ai changé d'avis.

Sur ces mots, elle s'éloigna, changea de direction pour passer devant le cabanon et se diriger vers la prairie. Sa robe bleue, de la même couleur douce que ses yeux, lui voletait autour des chevilles, ignorant le feu de nos marques et notre attirance réciproque.

En deux grandes enjambées, je la rejoignis, mes mains autour de sa taille alors que je la plaquais contre le cabanon, mon corps pressé contre le sien. Nous étions bien abrités, cachés des pensionnaires de la maison, avec la vaste prairie pour seul témoin. Chaque partie de mon corps qui la touchait, que ce soit mon torse, mes hanches, mes cuisses, m'imploraient de me rapprocher d'elle, de lui arracher sa robe et de coller ma chair chaude à la sienne, de glisser mon sexe dans son fourreau chaud et humide, de la revendiquer.

La poitrine haletante, elle me poussa les épaules durant un instant. Je restai immobile, me contentant de continuer de la serrer contre moi, et elle finit par se laisser faire, la tête penchée en arrière pour me regarder. Ses yeux bleus expressifs se levèrent vers moi, son regard plein de confusion et de désir.

— Je ne comprends pas, dit-elle. Pourquoi faites-vous cela ?

Un petit V se forma entre ses sourcils. Elle tenta de regarder derrière moi, mais je lui bloquais la vue. Je bloquais tout, pour qu'elle n'ait d'autre choix que de se concentrer exclusivement sur moi. Sur *nous*.

— Je vous ai fait une promesse, Cassie, un serment secret, et je tiens toujours parole.

Je pris ses mains dans les miennes et les soulevai par-dessus sa tête alors que ses seins se soulevaient à chaque halètement.

Elle se lécha les lèvres, et mon sexe se contracta de hâte à l'idée d'explorer sa bouche.

— Quelle promesse ? Je ne vous connais même pas.

Je baissai la tête jusqu'à ce que mes lèvres se retrouvent juste au-dessus des siennes, la chaleur entre nous comme un éclair. D'une main, je lui maintins les poignets au-dessus de la tête contre les planches de bois. Elle ne pouvait pas s'échapper.

— Je vous avais dit que je vous retrouverais. J'ai embrassé ces lèvres.

Je les effleurai avec ma bouche, rien qu'une fois, et repris :

— J'ai touché votre sexe mouillé et vous ai fait hurler de plaisir.

Je bougeai les hanches et les pressai contre elle jusqu'à ce qu'elle retienne son souffle, m'indiquant qu'elle sentait mon membre impatient.

— J'ai baisé votre chaleur mouillée jusqu'à vous faire jouir, j'ai avalé vos cris de plaisir. Je vous ai promis de vous retrouver, de vous revendiquer, de vous faire mienne.

Elle secoua la tête.

— Non. Ça ne peut pas être réel.

Elle tordit les bras, tentant de se libérer, rendue plus forte par la panique.

— Ce n'était qu'un rêve ! s'exclama-t-elle.

— C'était plus qu'un rêve. Plus qu'une nuit. Je suis à vous, Cassie. Je suis là, et je ne partirai pas sans vous.

Je l'embrassai alors, car il le fallait. Car je voulais qu'elle sache qu'elle m'appartenait. Mais surtout, car je voulais qu'elle se souvienne du goût que j'avais, de la chaleur de mon corps contre le sien, qui l'emplissait. Qui la complétait.

―――

Cassie

Il était en train de m'embrasser. Contrairement aux autres fois, ce n'était pas un rêve. Je sentais ses lèvres sur les miennes, leur pression, leur insistance. Une vague de chaleur me submergea alors que je sentais chaque centimètre de lui. C'était familier. Tout ceci. Sa voix. Sa bouche, sa saveur, son odeur, son contact. Je me rappelais très clairement avoir été attachée à un lit, les bras au-dessus de la tête. J'étais sienne, à sa merci, et je parvenais à peine à me concentrer sur autre chose que son sexe pressé contre mon ventre.

Je ne pus retenir un gémissement lorsque sa langue se mit à explorer ma bouche. Seigneur. C'était scandaleux, audacieux. C'était ce qui m'avait manqué avec Charles. Il ne m'avait jamais touchée en dehors de notre chambre, ne m'avait jamais maintenue ainsi, et encore moins *dehors*. N'importe qui aurait pu nous surprendre. M. Anderson pourrait m'appeler d'un instant à l'autre. Mais je m'en fichais. Toutes mes peurs et mes inquiétudes avaient été chassées par sa langue, par la caresse de ses mains fermes.

Ma tâche de naissance était en feu, et des éclairs brûlants me traversaient la peau. Je me laissai porter par notre baiser, mon corps était détendu. Ce fut à son tour de gémir, un son qui me résonna dans la poitrine. Tout ce que je pouvais faire, c'était me noyer dans cette sensation. J'avais envie de lui. J'avais *besoin* de lui. Besoin de son sexe en moi. Je voulais que ce soit la réalité, pas un rêve.

Je n'avais pas réalisé qu'il ne se servait que d'une main pour me maintenir les poignets, pas avant de sentir le bas de ma robe me glisser sur la jambe. La douce caresse de ses doigts effleura mes collants, puis mes genoux, jusqu'à trouver mes rubans. Là, ses doigts calleux glissèrent d'avant en arrière, traçant un chemin ardent.

— Oui, chuchotai-je avant de pouvoir me retenir.

À ces mots, il se figea.

— Cassie, murmura-t-il en me déposant de petits baisers le long de la mâchoire, jusqu'à l'oreille. Je m'en souviens. Et toi ?

Son souffle me caressa l'oreille. Je ne pus que tourner la tête alors que sa langue me parcourait le lobe, avant de le mordiller.

L'exclamation qui m'échappa était spontanée.

— Oui, m'écriai-je à nouveau, pour lui répondre, cette fois.

Je ne pouvais plus nier. Je ne pouvais plus nous nier cela. Je n'y comprenais rien, mais ce n'était pas grave. Je... *savais*, tout simplement.

— Ta peau est si douce, si lisse, dit-il sans cesser de me caresser la cuisse. Tu te souviens de mes doigts ici... et là... et là ?

Il remonta de plus en plus le long de ma jambe. L'air frais balaya la peau nue, jusqu'à entrer en contact avec mes dessous.

— Je ne me souviens pas de ça, grommela-t-il.

Il était comme un petit garçon à qui la marchande aurait refusé de donner une sucette.

La tête pressée contre le bois abîmé du poulailler, j'acquiesçai légèrement. Mon souffle était saccadé, mes seules pensées tournées vers ses doigts et le fait qu'ils se trouvaient très près de l'endroit qu'ils avaient caressé dans mes rêves.

De ses doigts agiles, il tira sur la ficelle qui nouait mes dessous. Quelques secondes plus tard, ils glissèrent doucement le long de mes jambes et tombèrent par terre. Il ne me fit pas attendre et s'empressa de toucher mon intimité avec douceur. Il m'emplit, et cette sensation me donna les jambes en coton.

C'était comme dans mon rêve, mais en mieux. Je poussai un petit cri, le son mêlé au chant des oiseaux nocturnes. Sa bouche couvrit la mienne, aspirant mon plaisir. Il ne l'étouffait pas. J'avais l'impression qu'il le gardait pour lui-même. Non que je veuille que quiconque nous entende, que quiconque sache que j'embrassais le nouveau pensionnaire derrière le poulailler.

Non, je ne faisais pas que l'embrasser. Car il avait sa main *là*.

5

assie

— Si mouillée, Cassie. C'est pour moi, tout ça ? murmura-t-il.

J'ignorais si l'humidité qui me couvrait les cuisses était *pour* lui, mais c'était lui qui la causait, en tout cas. Avant son arrivée, je ne me serais jamais comportée de la sorte. Je n'avais jamais laissé un homme autre que Charles me toucher, à part pour me donner une poignée de main. Et je n'aurais certainement jamais laissé un autre homme prendre ce genre de libertés. Mais je n'avais encore jamais ressenti de telles choses.

Non, c'était de la folie ! Je pensais à lui comme s'il m'avait véritablement embrassée par le passé, comme s'il m'avait déjà touchée ainsi, mais ce n'était pas le cas. Je ne l'avais même jamais vu avant le dîner. C'était un rêve — le même rêve depuis quatre nuits —, mais ils étaient si réels, si semblables. Si merveilleux.

Et à présent, je découvrais qu'être touchée par le vrai M. Maddox était encore plus agréable.

— Je ne suis pas le premier homme à te toucher, Cassie, si ?

Son souffle me brûlait le cou.

— Non. Il y a eu mon mari, Charles.

Lorsque je sentis M. Maddox se raidir, je repris :

— Il est mort il y a trois ans.

— Mais il ne t'avait jamais rien fait ressentir de tel, n'est-ce pas ?

Je secouai la tête et me léchai les lèvres.

— Non, répondis-je.

— Je suis le seul à pouvoir t'enflammer, Cassie. Nous sommes des compagnons marqués. Ton mari a peut-être été le premier à t'avoir, mais ton corps connaît la vérité. Personne d'autre ne te touchera plus jamais, désormais, sauf moi.

— Personne, répétai-je quand il retira ses doigts avant de les enfoncer à nouveau en moi.

— Cette chatte m'appartient, grogna-t-il. Tu m'appartiens. Chacun de tes cris, chacune de tes courbes, chaque goutte de fluide qui enduit mes doigts m'appartient. Dis-le, Cassie.

— Je... ne comprends pas.

Il poussa un grognement désapprobateur alors qu'il caressait une zone magique située en moi.

— Il n'y a rien à comprendre, compagne. Je t'ai trouvée. Tu es à moi.

— À vous ? Mais vous ne me connaissez même pas.

— Je te connais suffisamment.

Il retira à nouveau ses doigts, puis les enfonça plus profondément, comme pour souligner ses propos. Ses mouvements un peu plus brusques qu'auparavant, et je me trémoussai contre sa main, me mis sur la pointe des pieds, submergée par la domination qu'il exerçait sur mon corps.

J'étais incapable de réfléchir avec ses doigts qui me conquéraient, sa bouche qui couvrait la mienne.

Il écrasa mes lèvres avec les siennes, sa langue m'envahissant comme s'il avait le droit d'accéder à tous mes secrets, à tous mes fantasmes alors que ses doigts allaient et venaient en moi dans un rythme à couper le souffle. J'entendais les bruits humides de mon désir, et j'aurais dû être mortifiée, mais c'était trop agréable. J'en voulais plus. J'avais besoin... de plus. De quelque chose, n'importe quoi.

Arrachant mes lèvres aux siennes, je luttai pour m'éclaircir les idées alors que ses doigts continuaient de m'emplir et qu'il continuait de me maintenir les bras au-dessus de la tête, comme si j'étais une offrande païenne et lui un dieu.

— Je ne comprends pas, répétai-je. Pourquoi... *pourquoi* ?

— Je m'appelle Maddox. Dis-le.

Ses doigts se retirèrent pour caresser mes replis, traçant les contours de mon bout de chair enthousiaste, cessant d'explorer mon intimité la plus profonde. J'avais envie de plus, et je gémis. J'avais envie qu'il me donne le feu et la douce libération que j'avais connus dans mes rêves.

— Maddox, répétai-je.

— Tu veux que je m'arrête ?

— Non !

Mon cri de protestation quitta mes lèvres avant que je ne puisse réfléchir à ma réponse.

— Je refuse de m'accoupler à toi contre une cage à poules. Mais cela ne va pas m'empêcher de découvrir ton goût sucré.

Avant que je puisse poser la moindre question, il me lâcha les mains et se laissa tomber à genoux devant moi. D'une main, il leva ma robe, m'exposant à son regard.

— Quelle jolie chatte, dit-il en passant les doigts de sa

main libre sur mes boucles douces, avant de m'écarter les cuisses.

— Maddox, sifflai-je. Que... Que fais-tu ?

Je jetai des regards à droite et à gauche, légèrement préoccupée, pour une fois.

Son sourire me fit oublier toutes mes inquiétudes.

— Ton mari ne t'a jamais caressée comme ça avec sa bouche, si ?

Je secouai la tête.

— Pourquoi l'aurait-il...

Il balaya ma chair gonflée d'un coup de langue, et je me mordis la lèvre, oubliant ma question.

— Si les hommes mettent la bouche là, compagne, c'est pour donner du plaisir. Et parce que je veux garder ta saveur sur la langue toute la nuit.

Ses doigts agiles me saisirent les cuisses, mais ce furent ses pouces qui écartèrent mes replis féminins. Il se pencha en avant et huma mon odeur, avant de plonger entre mes cuisses et de me lécher comme si j'étais un met fin.

Mes mains se glissèrent dans le rideau formé par ses cheveux bruns, emmêlés dans ses mèches longues et épaisses.

— Oh, Seigneur, murmurai-je, les yeux fermés.

C'était si scandaleux, si charnel. Maddox, un parfait inconnu, était agenouillé devant moi et me léchait la... Oh, Seigneur.

— Chut. Ne fais pas de bruit, garde ces sons pour moi, dit-il.

Je poussai un gémissement alors que sa langue caressait la boule de nerfs que je touchais parfois pour me donner du plaisir. Mais quand je me stimulais toute seule dans mon lit, ce n'était jamais aussi bon.

Ses doigts me pénétrèrent à nouveau, imitant le mouvement qu'avait fait son sexe dans mon rêve.

— Tu vas jouir, Cassie. Tout de suite.

Une fois, deux fois, il me caressa avec sa langue et plia les doigts. Je renversai la tête en arrière et ondulai des hanches contre son visage.

— Oui ! haletai-je alors que j'étais frappée par l'orgasme.

C'était comme la tornade qui avait frappé le village voisin l'été précédent. J'étais perdue, plongée dans les émotions que Maddox arrachait à mon corps de façon si décadente.

Je sentais mes parois internes se contracter sur ses doigts. Il continua ses va-et-vient, mais avec plus de lenteur, et ses coups de langue se transformèrent en tendres baisers contre ma chair intime.

Ma peau était moite de sueur, mon corps mou et docile. Je me serais laissée glisser par terre si Maddox ne m'avait pas tenue par les hanches. Lentement, j'ouvris les yeux et souris. Je souris à ce visage, si nouveau et pourtant si familier. Lorsqu'il vit mon expression, il sourit à son tour. J'aurais dû être gênée par la preuve de mon excitation sur ses lèvres et son menton, mais je me sentais tellement bien que je ne m'en fis rien.

Je lui lâchai les cheveux et poussai un soupir en tentant de calmer mon cœur tambourinant.

— Maddox...

— Cassie !

Ce n'était pas la voix de Maddox qui m'appelait. C'était celle de M. Anderson, et je me figeai comme un lapin terrifié, trop apeurée pour bouger ou faire le moindre bruit.

Les doigts de Maddox s'immobilisèrent, mais ils restèrent entre mes cuisses.

— Cassie ! lança de nouveau M. Anderson.

Je l'imaginais, debout sur le porche de derrière à me chercher, les yeux plissés en direction de la prairie, l'oreille tendue pour entendre ma réponse. Je n'étais pas dans la prairie. J'étais plaquée contre le poulailler, la robe levée jusqu'à la taille, mes dessous par terre alors qu'un homme était agenouillé devant moi.

— J'arrive tout de suite ! m'écriai-je, un peu trop fort

Je ne voulais pas prendre le risque que mon employeur devienne trop curieux et décide de se lancer à ma recherche.

— Il faut que j'aille faire la vaisselle, ajoutai-je à l'intention de Maddox.

Ses doigts se retirèrent, me laissant complètement vide, et je poussai un gémissement. Ses cheveux étaient noirs comme la nuit, longs et épais. Je mourais d'envie d'y passer les doigts à nouveau, de me délecter de leur douceur. Mais ce n'était pas le moment, car M. Anderson risquait de m'appeler à nouveau si je ne me dépêchais pas, et il risquait même de venir me chercher. L'idée qu'il découvre Maddox agenouillé devant moi, les doigts et la bouche enduits de mon essence, me fit l'effet d'une douche froide.

Au lieu de m'aider à remettre ma culotte, il m'obligea à lever un pied, puis l'autre, pour qu'il s'empare de mes dessous. Il brandit la culotte blanche devant lui, et dit :

— Ça, je le garde.

— Mais...

— Je ne veux pas que tu m'oublies quand tu travailleras.

Avec des manières dignes d'un noble, il porta ma main à ses lèvres et déposa un doux baiser sur ma paume, pile sur ma tache de naissance. Une vague de chaleur me submergea face à ce geste étrange, et je faillis défaillir, emportée par un vertige.

J'allais trébucher, mais il se leva de toute sa haute taille.

— À plus tard, Cassie. Je viendrai te voir cette nuit, dans tes rêves, et cette fois, quand je te baiserai, tu verras mon visage. Demain, tu seras de nouveau dans mes bras, je te le promets.

Il se leva et recula, me laissant regagner la maison pour accomplir mes corvées du soir. Pour une fois, travailler ne me dérangeait pas, car j'étais satisfaite et j'avais un homme — un amant talentueux — pour occuper mes pensées.

Et le soir venu, seule dans mon lit, il me retrouva bel et bien dans mes rêves. Je me réveillai une nouvelle fois en sueur, ma chemise de nuit remontée jusqu'à la taille, mais contrairement à la nuit précédente, j'avais la main entre mes jambes et deux doigts en moi. Je n'avais encore jamais, *jamais* fait une telle chose, mais j'étais si mouillée, si vide que je me caressai jusqu'à avoir un autre orgasme, mes hanches ondulant sur le lit. Je voulais autre chose que mes propres mains, car dans mon rêve, ce n'était pas les doigts de Maddox qui m'avaient pénétrée, mais son... sexe.

Dans le rêve, il avait dit qu'il viendrait me voir ce soir-là, qu'il me prendrait dans ses bras et qu'il me ferait sienne pour toujours. Il m'avait caressée avec son membre, et je l'avais laissé faire, j'avais voulu prendre tout ce qu'il me donnait. Et à présent éveillée et consciente de tout ce qu'il avait dit, j'étais certaine qu'il tiendrait parole et qu'il me prendrait jusqu'à ce que je le supplie de m'accorder la jouissance.

Je vous ai promis de vous retrouver, de vous revendiquer, de vous faire mienne. Il avait même dit que nous nous accouplerions. C'était le seul mot qui me rendait confuse. Nous accoupler. Pas nous marier, nous accoupler.

J'étais une femme, pas une louve.

Une fois réveillée, je fus incapable de retrouver le sommeil, et je craignais de ne plus jamais trouver le repos. Quand l'aube approcha, je quittai mon lit et m'habillai rapidement, décidant de ne pas mettre ma robe bleue préférée, car elle me rappellerait la veille, me rappellerait *Maddox*.

Je ne possédais que deux robes, alors je me glissai dans ma robe de travail vert et jaune avant de descendre l'escalier de service sur la pointe des pieds, en faisant attention de ne pas faire craquer la quatrième marche. Je sortis par la porte de derrière et la refermai en silence derrière moi, puis je respirai enfin.

Mes chaussures de travail étaient posées près de la porte de derrière, et je passai les pieds dans le cuir familier. Le ciel était toujours noir, mais les oiseaux chantaient, et je sus que l'aube était imminente. L'air frais était agréable sur ma peau brûlante, sur mes cuisses humides, mais ne m'aidait en rien à calmer l'impatience que j'avais de voir Maddox. Je ne comprenais rien à ce... besoin d'être avec lui, de le toucher, de savoir qu'il était proche.

J'aurais dû me détester d'être si faible. J'avais beau être veuve, j'aurais dû garder un certain sens des convenances, un certain niveau de vertu malgré ce que j'avais partagé avec Charles. J'étais loin d'être innocente, mais je m'étais transformée en dévergondée, laissant un inconnu faire ce qu'il voulait de moi — Maddox avait certainement été le plus dominant de nous deux — afin de prendre du plaisir. C'était inexplicable. Complètement. Mais je m'en fichais. Pour une fois dans ma vie, je me contentais de ressentir, de vivre, sans me demander ce qu'en penseraient les autres, sans réfléchir au meilleur moyen de survivre. Pour une fois, j'étais euphorique, car Maddox me désirait.

Aucune des femmes du village que je connaissais ne m'avait jamais confié avoir rêvé de partager la couche d'un homme avant de l'épouser. Jamais. Les femmes mariées avaient beau rester discrètes sur ce qui se passait dans le lit conjugal, elles *parlaient*. Mais aucune d'entre elles n'avait jamais parlé de rêves aussi scandaleux. Aucune d'entre elles ne m'avait jamais confié avoir rêvé d'un homme qui serait apparu comme par magie. Et surtout, aucune d'entre elles n'avait jamais parlé d'un homme aussi doué de ses mains, de sa bouche et de son sexe. Elles avaient parlé de rester allongées et d'attendre que cela passe, n'avaient jamais dit qu'il était possible d'être mouillée au point d'entendre son propre désir, de le sentir dans l'air pendant qu'un homme se servait de ses doigts et de sa langue pour vous mener à la jouissance.

Personne n'avait jamais mentionné l'avoir fait derrière un poulailler. Je portai mes doigts à mes lèvres et étouffai un gloussement.

Pour me compliquer la tâche, Maddox avait dit qu'il avait rêvé de moi, lui aussi. Rêver de quelqu'un, je pouvais le comprendre, car j'avais déjà rêvé de Mme Anderson après sa mort, et elle n'était pas revenue à la vie. Ce n'était pas rare, de rêver des gens que nous voyions tous les jours. Mais Maddox avait fait *le même rêve*, avait utilisé les mêmes mots pour le décrire.

J'avais beau vouloir l'accueillir dans mon lit, c'était une limite que je ne pouvais pas franchir, car M. Anderson et les autres pensionnaires prendraient facilement connaissance de nos rapports illicites. Je ne pouvais pas être présente quand Maddox se réveillerait. Je ne pouvais pas le regarder dans les yeux autour de la table du petit-déjeuner en faisant comme si ce que nous avions fait derrière le poulailler n'avait pas existé ou ne m'avait pas affectée. Ce qui s'était passé se lirait probablement sur mon visage, à la vue de tous. Il fallait que je m'éloigne, que je m'éclaircisse les idées avant d'être forcée de l'affronter à nouveau.

Je descendis du porche de derrière et traversai l'herbe humide. Je jetai un regard à la maison et me demandai s'il dormait encore, s'il s'était couché tout habillé ou s'il était aussi nu que dans le rêve qui me trottait encore dans la tête. Des muscles nerveux, une peau lisse avec quelques poils soyeux. Je savais quel goût il avait, quelle odeur, car j'avais posé mes lèvres sur son corps avant qu'il me retourne sur le dos, m'écartant les cuisses pour me pénétrer avec son épaisse virilité.

Cette sensation m'avait réveillée, et il fallait à présent que j'échappe aux sombres désirs qui m'encerclaient, qui m'encourageaient à me faufiler dans sa chambre et à...

Frissonnante — et pas à cause du froid —, je refusai de terminer cette phrase et me dirigeai plutôt vers le ruisseau, ma paume toujours sensible, échauffée par le contact des lèvres de Maddox.

———

Maddox

Ma compagne me fuyait comme si j'étais un prédateur et qu'elle était ma proie. Je la regardai se glisser hors de la maison, jusqu'au porche de derrière. Je ne savais rien de ma compagne, de ses croyances ou de ses coutumes. D'ailleurs, tout ce que je savais de la Terre, c'était ce que les systèmes du vaisseau m'avaient indiqué, et ils n'étaient pas toujours très fiables. Le territoire du Montana était sauvage et accidenté, aride et désolé, étrangement beau. Ces terres n'avaient rien à voir avec les élégantes cités anciennes d'Everis. Ma civilisation était millénaire, et notre culture et nos coutumes n'avaient pas changé depuis des siècles. Sur Everis, tout le monde avait sa place, son destin déterminé par ses origines et nos traditions. Nos cultures n'étaient plus influencées par le besoin de lutter pour survivre ou de mettre la main sur des ressources, et cela depuis des milliers d'années.

Sur Everis, personne n'avait faim. Personne n'était jamais seul ou laissé pour compte. Nous étions l'une des plus anciennes planètes de la Coalition, notre culture et nos coutumes étaient majestueuses et respectées.

L'imprévisibilité et la rudesse de cet endroit me poussaient à rester sur mes gardes en permanence, et, conscient que mon ennemi et ma compagne se trouvaient tous deux ici, j'avais du mal à m'adapter. Même avec Cassie, je me sentais en décalage, car elle était différente de ce à quoi je m'étais attendu. Elle ne savait pas qui elle était, ni ce qu'elle était.

Je saisis ses dessous délicats. Quand je les avais fait glisser le long de ses cuisses, le tissu était humide à cause de son excitation, toujours imbibé de son odeur.

Je quittai mon poste d'observation sur le toit de sa maison, où j'avais passé une bonne partie de la nuit à guetter l'approche de Nero, et je la suivis, mes pas silencieux dans les hautes herbes. Il fallait que je la surveille, que je la protège, même de choses dont elle ignorait l'existence.

Elle me fuyait, fuyait l'intensité de notre lien d'accouplement, et pourtant, je ne regrettais pas une seconde de m'être glissé dans l'esprit de ma compagne pendant qu'elle dormait. À présent, je savais comment entrer dans ses songes, j'étais capable de m'y glisser à volonté. Le contact physique que nous avions partagé quelques heures plus tôt m'avait permis de la retrouver, de m'assurer que mes fantasmes nous plaisent à tous les deux pendant que nous dormions. Les mots *contact physique* étaient trop banals pour décrire ce que je lui avais fait. Voir son sexe pour la première fois, lécher et sucer ses replis roses et mouillés, la faire jouir contre ma bouche avait été... transcendant. Je connaissais sa saveur, son odeur, les sons qu'elle émettait quand elle jouissait. Où que me mène mon avenir, je ne dormirais plus jamais seul, et elle non plus. Je la rejoindrais tous les soirs jusqu'à ce que nous soyons accouplés, et je continuerais de le faire ensuite. Nous ne formions qu'un, nos esprits déjà liés alors que j'attendais avec impatience que nos corps le deviennent aussi.

L'effet que Cassie avait sur moi était encore plus dangereux que je l'avais d'abord craint. Mon désir avait tourné à l'obsession, surtout maintenant que je pouvais toujours sentir son goût sur ma langue. J'avais gardé ses dessous, car son odeur s'y trouvait toujours. Cela avait été bête et impulsif, mais il fallait bien que j'équilibre mon désir avide et son manque de connaissance à propos de nos marques. Si elle ne savait rien de cette marque, elle ne savait rien d'Everis.

Je poussai un soupir, conscient qu'elle aurait du mal à comprendre sa nouvelle réalité — le fait que son compagnon venait d'une autre planète. Elle aurait déjà du mal à saisir ce qu'était un compagnon, et le fait qu'elle en avait un. Je savais que j'en demandais beaucoup à une terrienne qui ignorait tout du vaste univers et des différents peuples qui l'habitaient.

Je la laissai prendre de l'avance afin qu'elle ne m'entende pas communiquer à voix basse avec Thorn, mais je restai tout de même assez prêt d'elle pour voir ses cheveux détachés et la couleur de sa robe. Je tapotai sur l'O-C qui se trouvait derrière mon oreille droite, et j'attendis que la voix grave de Thorn retentisse dans ma tête.

— Thorn.

— Je l'ai trouvée.

— Elle porte une marque ?

— Oui. Sur sa paume, comme les femmes everiennes.

— J'imagine que vous l'avez revendiquée et que vous êtes en chemin pour le vaisseau ?

— Non. Il y a... des complications.

— Alors, décompliquez les choses.

Pour lui, c'était simple. Je n'avais qu'à jeter ma compagne par-dessus mon épaule et la porter jusqu'au vaisseau. Il n'avait encore jamais subi les effets de sa marque, n'avait jamais rencontré sa compagne, ne l'avait jamais touchée. Il ne comprenait pas qu'être accouplé à une terrienne apportait son lot de complications.

— Elle ignore qui elle est. C'est une orpheline, et elle ne sait rien de notre planète et de nos coutumes.

— Où se trouve-t-elle, en ce moment ?

— Elle est en train de me fuir. Je vous fais simplement mon rapport pour vous informer qu'il me faudra quelques jours de plus pour la... persuader de rentrer sur Everis avec moi.

Thorn eut l'audace de rire.

— Que le Divin vous vienne en aide, Maddox. Vous allez en avoir besoin.

— Allez vous faire foutre.

Son éclat de rire fut brusquement interrompu lorsqu'il coupa la communication, et je secouai la tête, souriant malgré le fait que j'étais en train de pourchasser ma compagne parmi les collines ondoyantes. J'avais exploré les lieux à mon arrivée, et j'étais convaincu de savoir où elle se rendait.

Quelques minutes plus tard, j'en eus la confirmation. En silence, je me dirigeai vers elle, assise au milieu des arbres. D'après mes recherches, ces plantes géantes s'appelaient des peupliers d'Amérique et se trouvaient souvent autour des ruisseaux et des rivières, leurs racines aspirant l'eau qui se trouvait sous la surface. Cassie était assise sur un rocher gris, ses chaussures posées à quelques pas de là sur la rive alors qu'elle trempait ses pieds nus dans l'eau glacée. L'eau, portée par un fort courant, ne lui arrivait qu'aux chevilles. Le ruisseau ombragé par les arbres me cachaient ce qui pouvait se cacher de l'autre côté.

Elle avait ouvert le haut de sa robe, le premier tiers des boutons étaient défaits, et sa peau luisait sous les premiers rayons du soleil terrien, à cause de l'eau dont elle s'était aspergé la poitrine et le cou. Mon sexe poussa douloureusement contre mon pantalon. J'avais envie de lécher chacune des gouttes de liquide qui roulaient sur sa peau lisse.

Elle semblait contente, détendue, la tête renversée en arrière et les yeux fermés. Le soleil levant lui baignait la peau d'une lueur rosée, et je luttai pour l'observer de loin. Je ne voulais pas la déranger, et je me satisfaisais de l'approcher lentement. Elle sursauta, comme si quelque chose que je ne voyais pas lui avait fait peur. Elle tourna la tête vers la droite, du côté opposé à l'endroit où je me trouvais, vers les arbres et le bord du ruisseau.

Je n'étais pas à proximité, mais mes oreilles de Chasseur me permirent d'entendre la voix de Cassie très clairement. Tous mes sens en éveil, j'activai mon détecteur de chaleur et le moniteur bioélectrique qui se trouvait dans mon œil droit. Si quelqu'un se trouvait à proximité, leur signature thermique ou les battements de leur cœur apparaîtraient sur mon écran rétinien.

Je ne vis rien, et pourtant, elle parlait à quelqu'un.

— Qui êtes-vous ? demanda-t-elle en maintenant le haut de sa robe d'une main.

La réponse fut prononcée par une voix d'homme, un grondement que je n'arrivais pas à comprendre, malgré mes compétences de Chasseur. Je pressai le pas pour rejoindre Cassie. C'était impossible. Mes détecteurs ne repéraient rien, mais j'avais bel et bien entendu cette voix d'homme. Cassie lui répondit :

— Mais je ne sais pas qui vous êtes.

Un autre grondement alors que son visiteur répondait quelque chose, et je tentai de me placer entre ma compagne et la voix, là où je serais en mesure de la protéger, mais je n'y parvins pas à cause des arbres immenses.

Cassie secoua la tête et sortit un pied de l'eau, les bras tendus vers ses chaussures, visiblement mal à l'aise.

— Je ne crois pas, dit-elle. Il faut que j'y retourne.

Elle se pencha en avant, sa main délicate tendue vers ses chaussures. Elle tremblait.

J'oubliai mes efforts pour demeurer invisible et je m'élançai vers elle.

— Cassie, viens ici tout de suite.

Elle leva la tête vers moi, et un cri de surprise lui échappa, puis elle attrapa ses chaussures et bondit de son rocher.

— Un instant.

— Tout de suite !

Elle leva les yeux au ciel et se dirigea vers moi en marchant. Je me ruai vers elle, avançant à toute vitesse pour la placer derrière moi. Je sortis mon pistolet à ions de ma poche et me dirigeai vers le rocher pour tenter de voir qui l'avait effrayée.

J'examinai la zone et vis qu'elle semblait déserte, mais dans la boue qui bordait le ruisseau, j'aperçus l'empreinte de bottes masculines. De très grandes bottes.

Cassie posa les mains sur mon dos alors que je continuais d'examiner les environs. Rien, mis à part les deux poissons qui se trouvaient dans l'eau, la petite créature à fourrure qui se cachait dans un arbre proche et les oiseaux qui dormaient dans leurs nids, pour la plupart. Alors, qui l'avait effrayée ainsi ? Et pourquoi mes détecteurs ne l'avaient-ils pas repéré ?

— À qui parlais-tu ?

— Je ne sais pas qui c'était. Je ne l'avais encore jamais vu.

Ses mains formèrent des poings sur ma chemise, et je me retournai pour serrer son corps tremblant dans mes bras alors que je rangeais mon pistolet. Ma colère se mit à bouillonner en pensant au fait que quelqu'un lui avait fait peur.

— Qu'a-t-il dit ? Que voulait-il ? Il t'a menacée ?

Je le traquerais et je le tuerais.

Elle secoua la tête, ses longues mèches cascadant dans son dos, et je me détendis quelque peu, jusqu'à ce qu'elle prononce les mots suivants :

— Non. Il m'a transmis un message.

— Un message ?

— Oui. Un message pour toi.

6

Maddox

Je lui frottai le dos alors que mon regard balayait les environs à la recherche du moindre indice menant à ma proie, mais je savais qu'il était trop tard. À présent, je savais qui était venu la voir, et je serrai les poings. Nero. Il était sans doute déjà loin. Il était originaire d'Everis, un Chasseur né, comme moi. Le fait qu'il ait pu s'approcher d'aussi près de ma compagne avant que je ne l'atteigne me serra la gorge jusqu'à ce que j'aie l'impression d'étouffer. Je n'avais encore jamais rien ressenti de tel, et ce n'était pas très agréable.

La peur. Je n'y avais plus goûté depuis que Maddie avait disparu, et l'amertume de cette émotion m'écœurait.

Quelle technologie Nero avait-il bien pu acquérir pour être capable d'échapper à mes détecteurs rétiniens ? Avait-il mis la main sur une Cape de Chasseur après son évasion ? Ces capes étaient très chères et incroyablement rares, car la personne qui la portait était rendue invisible et indétectable par la plupart des appareils. Elles étaient réservées aux Chasseurs d'élite, ceux qui travaillaient pour les Sept.

Quiconque se faisait surprendre en leur possession sans y être autorisé avait une amende et était placé en probation, ou pire, envoyé dans les mines.

Était-ce de cette façon qu'il était parvenu à s'échapper des mines d'Incar ? Qu'il était parvenu à m'échapper à moi, durant ces derniers jours ? Et s'il était en possession d'une technologie si avancée, comment et où l'avait-il découverte ? Les autres criminels en possédaient-ils également ? Si c'était le cas, Thorn, Jace et Flynn couraient un grave danger.

Et ma compagne aussi.

Mon jugement avait été altéré par mon désir de rendre ma compagne heureuse. Je n'aurais jamais dû la lâcher des yeux. Elle avait été exposée. Vulnérable. Le pire s'était produit. Nero était là, et il connaissait son existence. La colère et la panique me parcoururent les veines. Ma marque se mit à palpiter, à me brûler d'une manière toute nouvelle.

Je ressentais de l'inquiétude ? Pas pour moi-même, mais pour *elle*. Ma Cassie.

— Quel était ce message ? demandai-je en tentant de garder une voix égale, calme.

Nero lui avait fait assez peur pour qu'elle cherche à se réfugier auprès de moi. Je ne voulais pas l'effrayer encore plus.

— Il m'a dit de dire à mon compagnon que Maddie n'était qu'un début.

Une colère brûlante et presque incontrôlable s'empara de moi et me serra la gorge alors que j'immobilisais mes mains sur les épaules de Cassie afin de ne pas lui faire de mal.

— Il a dit autre chose ?

Elle se tortilla, mal à l'aise ou gênée, et je baissai les yeux vers son visage, avant de lui lever le menton pour que nos regards se croisent.

— Dis-moi.

Elle se mordilla la lèvre, et je mourus d'envie de l'embrasser, mais je m'abstins. Tous mes sens étaient tournés vers les bois environnants, vers les sons des créatures sauvages afin d'entendre le moindre craquement de brindille, de repérer la respiration éventuelle d'un homme. Si je ne pouvais pas me fier à mes détecteurs, j'allais devoir traquer Nero à l'ancienne, grâce à mon intelligence, ma force et ma patience.

— Dis-moi, Cassie. Je t'en prie.

Avec un soupir, elle posa les yeux sur mes lèvres, puis croisa de nouveau mon regard.

— Il a dit... Il a dit que j'étais très belle et que je sentais la rose. Et...

Je me penchai vers elle et humai sa douce odeur de rose. Il s'était trouvé assez près pour la sentir. Mes longues heures de Chasse, d'entraînement et de discipline me permirent de rester immobile alors que j'attendais la suite.

— Et ?

— Et il m'a demandé de venir avec lui.

Un millier d'éclats de verre me percèrent l'esprit à l'idée que Nero touche ma compagne, mais je ne pus m'empêcher de poser la question suivante, dont la réponse pourrait bien me détruire :

— Et en as-tu eu envie, Cassie ? As-tu eu envie de partir avec lui ?

Je la regardai dans les yeux, la mettant au défi de dire la vérité, de renier ma marque, de renier notre attirance de compagnons.

— Non. Il me rendait...

— Quoi ? Il te rendait quoi ?

Elle se lécha les lèvres et tordit les mains sur ma chemise dans un geste distrait.

— Anxieuse. Il n'était pas...

Elle soupira et ses joues prirent une charmante teinte rosée que je n'avais encore jamais vue.

— Il n'était pas comme toi.

Incapable de résister, je lui passai la main dans les cheveux pour sentir ses mèches soyeuses. J'espérais que mon geste l'apaisait autant qu'il m'apaisait moi.

— Et je suis comment ? Tu as peur de moi ?
— Oui.

Je me raidis, et elle dut le percevoir, car elle se dépêcha de me poser les mains sur les épaules et de les agripper avec vigueur.

Ses yeux s'écarquillèrent, plein de désespoir et de confusion.

— Mais pas comme ça, corrigea-t-elle. C'est différent.

Je pris une grande inspiration.

— Alors, explique-moi. Je ne veux pas que tu aies peur de moi, Cassie. Tu es à moi, compagne. Je suis prêt à mourir pour te protéger, prêt à tuer pour toi.

Je regardai dans la direction par laquelle Nero s'était enfui et ajoutai :

— Cet homme est dangereux. Et la prochaine fois que je te donnerai un ordre relatif à ta sécurité, tu m'obéiras, sinon je fesserai tes fesses nues jusqu'à ce que tu ne puisses plus t'asseoir pendant une semaine.

— Quoi ?
— Tu m'as très bien entendu.

Elle me repoussa et fit un pas en arrière.

— Je ne pense pas, non, dit-elle.

Conscient que Nero pouvait se trouver n'importe où, je n'avais pas la patience d'argumenter. Je l'attrapai par les bras et la serrai contre moi jusqu'à ce que nos lèvres soient assez proches pour se toucher.

— Si tu refuses encore de m'obéir alors que ta vie est menacée, je te fesserai, Cassie. Si tu me mens, je soulèverai ta robe, je t'allongerai sur mes genoux, et je fesserai ton petit derrière rond jusqu'à ce qu'il soit aussi rose que tes lèvres.

Mes mots lui firent froncer les sourcils, mais ses yeux brûlèrent d'un désir auquel je n'avais pas le temps de réagir. Mais je le ferais bientôt. Je ceindrais ses poignets d'or et je la ferais mienne.

— Nous devons quitter ce village, quitter ces gens. Tu n'es pas en sécurité, ici.

Elle ouvrit grand la bouche, surprise. Je sentis ses petits ongles s'enfoncer dans mes épaules.

— Je ne comprends pas le mot « accoupler ». Pourquoi employer ce terme ? Et comment ça, quitter le village ? Je ne peux pas partir. J'ai un travail. M. Anderson a besoin de moi.

J'avais oublié qu'elle ne savait rien de sa marque. J'avais voulu lui révéler la vérité peu à peu, car elle aurait du mal à laisser cette planète et toute sa vie derrière elle. Je sentais la chaleur de sa marque contre mon épaule, mais elle ne signifiait rien pour elle, et c'était bien là le problème. Elle ne comprenait pas l'importance de nos marques, le don incroyable qu'elles représentaient pour nous, le risque qu'elle lui faisait courir. Surtout à présent que Nero l'avait trouvée.

Il fallait qu'elle sache la vérité. Toute la vérité. Au fond, elle savait que Nero était dangereux. Elle l'avait perçu, s'était réfugiée auprès de moi, mais ce n'était pas suffisant. Il fallait que je l'éloigne de lui pour la mettre en sécurité, là où les autres pourraient également la protéger. Le vaisseau était génétiquement encodé avec l'ADN et les relevés rétiniens des quatre Chasseurs qui avaient voyagé jusqu'à cette planète : Thorn, Jace, Flynn et moi. Personne d'autre ne pourrait monter à bord. La coque du vaisseau était impénétrable pour toutes les armes qui existaient sur Terre, et pour la plupart de celles de ma planète. Les Sept prenaient leur sécurité très au sérieux, et notre vaisseau, bien que petit, était l'un des appareils les plus résistants et les plus sûrs de toute la Flotte de la Coalition. Si je parvenais à la faire monter à bord, elle serait hors de portée de Nero pour toujours.

— Si Nero t'a trouvée, il voudra te posséder. Et quand il se lassera de ce petit jeu, il te tuera.

— Me tuer ?

Sa voix était pleine de trémolos, et elle s'agrippa encore plus fort à ma chemise.

— Je ne le laisserai pas faire, dis-je. Nous devons rejoindre mon vaisseau.

— Un vaisseau ? Quel vaisseau ? D'où viens-tu ? De Seattle ? De San Francisco ? Je ne veux pas aller sur un vaisseau. Le roulis me donne mal au cœur. Je ne pense pas pouvoir survivre à l'océan. J'ai entendu parler du mal de mer dans des livres. Pas de vaisseau.

— Avec moi, tu survivras. Fais-moi confiance, Cassie. Je t'en prie. Laisse-moi prendre soin de toi. Ce n'est pas sûr, ici. Tu ne peux pas regagner ce village.

Un V profond plissa la peau lisse de son front.

— Pourquoi ? Pourquoi ne me racontes-tu pas la vérité ?

— Cet homme est un criminel, Cassie. Un assassin qui s'est échappé de prison. On m'a envoyé ici pour le traquer.

— Tu es chasseur de prime ? demanda-t-elle avec surprise.

— Je suis un chasseur, en effet. Mais je ne collecterai pas de prime, pas cette fois. Cette prime, je la donne à Thorn. Je suis ici pour venger ma famille, et rien d'autre. Maddie était ma sœur. Cet homme — il s'appelle Nero — l'a tuée.

Elle me lâcha et recula en titubant.

— Il... Cet homme a tué ta sœur ?

Je pensai à Maddie, à ses cheveux noirs, son sourire facile, et une douleur familière m'emplit la poitrine.

— Oui.

— Et il est venu me voir... ici, dit-elle en me montrant l'endroit désolé autour du ruisseau. Il aurait pu, enfin, s'il avait voulu, il aurait pu me...

Elle ne parvenait même pas à parler clairement. Sa peur était palpable, et je me pressai de la rassurer.

— Il ne t'approchera plus jamais. Je ne le permettrai pas. Je l'avais sous-estimé, Cassie. Je me suis fié à mes nouveaux détecteurs, pas assez à mes sens naturels. Et je m'en excuse. Mais il ne t'approchera plus. Pour le faire, il devra me passer sur le corps.

Je lui passai les bras autour de la taille et l'attirai vers moi, lui faisant reprendre sa place naturelle auprès de moi. Ses mains se posèrent sur ma poitrine, me repoussèrent, mais je ne pouvais pas céder. Elle ne devait plus fuir.

Elle n'arrivait pas à me regarder dans les yeux, et préférait fixer les boutons de ma chemise. Je voyais bien que son cerveau tournait à plein régime, que mes mots et mes gestes ne la réconfortaient pas.

— Il... Il faut que je rentre. Il faut que j'avertisse M. Anderson.

— Non. Je ne peux pas te permettre de retourner là-bas.

— Pas me permettre ? C'est chez moi ! Si un assassin se promène dans les environs, il faut que je prévienne M. Anderson pour qu'il prenne des précautions. Il y a un fusil au-dessus de la porte de la cuisine, Maddox, et je sais m'en servir.

— Il est trop tard pour ça. Nero sait où tu es, où tu vis. Ce fusil ne te protégera pas. Tu ne retourneras pas dans cette maison, dis-je d'un ton autoritaire.

— C'est ce qu'on va voir.

Elle recula et enfila ses chaussures. Puis elle tourna sur elle-même et se mit à courir en direction de la pension.

En deux enjambées, je la pris dans mes bras, la serrant

contre moi pour que mes intentions soient claires, ma revendication évidente.

— Tu peux tenter de t'enfuir, Cassie, mais ça ne change rien. Tu es à moi, ma compagne marquée, et je ne te permettrai pas de partir.

Elle se débattit et donna des coups de pieds, mais je la maintins aussi facilement que s'il s'était agi d'un enfant. Enfin, elle se fatigua et devint toute molle dans mes bras.

— Je t'en prie, dit-elle. C'est mon père. Il m'a adoptée quand j'avais quatre ans, alors que je n'avais personne, pas de famille, pas de foyer. Nous devons le prévenir. Je t'en prie, Maddox.

Ses supplications auraient dû tomber dans l'oreille d'un sourd. Regagner la pension était un risque que je ne souhaitais pas prendre, mais sa douleur m'était insupportable. Si je l'emmenais de force, me le pardonnerait-elle un jour ? Je n'avais pas réalisé l'importance de sa relation avec M. Anderson. Son père.

Sur Everis, la famille était plus importante que tout le reste. Ça, je pouvais le comprendre, malgré mon envie de le nier.

— Très bien, Cassie, mais nous irons ensemble. Quand il sera prévenu, nous quitterons ce village et nous voyagerons jusqu'à mon vaisseau. Je ne quitterai pas la Terre sans toi.

Elle trébucha en avant, loin de mes bras, et se tourna vers moi, les yeux écarquillés et pleins d'incrédulité.

— Que viens-tu de dire ? Comment ça, tu ne quitteras pas la Terre sans moi ?

Cassie

— Je ne suis pas d'ici, dit Maddox en plaçant ses mains sur mes épaules, et mon épaule me brûla, tout comme la marque sur ma paume.

— Non, bien sûr, dis-je, légèrement effrayée par sa réponse.

J'avais beau aimer qu'il me touche, j'étais également bouleversée et perdue. J'avais du mal à garder les idées claires en sa présence, quand il me regardait avec ses yeux clairs, qu'il me sondait comme personne ne l'avait encore jamais fait.

Il parlait d'assassins, de compagnes, de marques et de quitter la Terre. Il me faisait un peu peur, même si mes instincts me disaient que j'étais en sécurité. Je m'étais même précipitée vers lui, m'étais jetée dans ses bras lorsque cet homme — Nero — m'avait approchée.

Nero. Un drôle de nom pour un drôle d'homme. Il était grand, aussi massif que Maddox, avec un visage d'oiseau de proie et un long nez pointu. Ses iris étaient bruns, plus foncés que la normale, comme l'encre qui emplissait la plume de M. Anderson, et ses yeux étaient presque dépourvus de blanc. Ses cheveux étaient clairs, mais fadasses, plus semblables à un vieux parchemin qu'au blond des enfants qui fréquentaient l'église. Ses vêtements étaient normaux, cependant, un pantalon, des bottes et une chemise en coton marron. Mais sa voix grave m'avait donné la chair de poule, et il avait regardé ma main comme s'il s'était attendu à trouver la réponse aux secrets de l'univers dans ma paume.

Ou comme s'il avait eu envie de me mordre. J'avais vu une lueur sauvage dans ses yeux ; pas du désir, car c'était une chose que je reconnaissais, désormais, mais quelque chose de plus sombre. De la fascination ? De l'impatience ? De l'obsession ?

J'avais été obligée de me réfugier dans les bras de Maddox, certaine qu'il me protégerait. Mais à présent... à présent, je me demandais s'il n'était pas fou. Les deux hommes étaient peut-être déséquilibrés tous les deux. Quitter la Terre ?

C'était comme si Maddox avait lu dans mes pensées.

— Je ne viens pas du territoire du Montana, ni d'Amérique. Ni d'aucun endroit sur Terre. Je viens d'une planète appelée Everis.

Son visage était proche, tellement proche que je voyais les poils noirs de ses joues, une légère cicatrice près de son sourcil droit, les paillettes bleu foncé dans ses yeux. Je ne pus m'empêcher de rire.

Je portai une main à ma bouche et tentai d'étouffer mon rire, mais j'en étais incapable. Il écarquilla les yeux, car ce n'était sans doute pas la réaction à laquelle il s'était attendu, mais comment aurai-je pu réagir ? Il avait dit qu'il venait d'une autre planète. Il était bel et bien fou. Et durant un instant, cette idée me brisa le cœur.

Le premier homme que j'avais véritablement désiré, le premier homme que j'avais autorisé à me toucher, s'avérait être fou. Seigneur, étais-je maudite ? Comme si être orpheline et veuve ne suffisait pas, je venais de permettre à un fou de me séduire.

Mais il n'y aurait plus de caresses, de baisers ou de... quoi que ce soit. C'était fini.

Des larmes me montèrent aux yeux, et je fis un, puis deux pas en arrière, les mains tendues devant moi.

— Monsieur Maddox, je vais regagner la pension et reprendre mon travail. J'oublierai que nous avons eu cette conversation et que vous croyez venir... d'ailleurs.

— Je dis la vérité, répondit-il.

Cela ne fit rien pour me convaincre.

— D'accord, admettons que je vous croie. Pourquoi

parlez-vous anglais ? Je n'ai jamais quitté le territoire du Montana, mais je sais que les gens des autres pays parlent d'autres langues. Vous n'allez tout de même pas me dire que les gens originaires de... de...

— D'Everis.

— ... d'Everis parlent anglais.

Il secoua la tête, puis me présenta son oreille et me montra un petit bouton, pas plus gros qu'une coccinelle, caché derrière. Il le tapota, et un drôle de langage que je n'avais encore jamais entendu retentit entre nous. Il le tapota à nouveau, et j'entendis du français, une langue que je reconnaissais grâce aux trappeurs et aux mineurs qui passaient par le village. Il le tapota encore, et le silence revint alors qu'il baissait la main et se tournait vers moi pour croiser mon regard.

— Ça s'appelle un Implant d'Osteo-Communication. Nous appelons ça un O-C. Le reste de la Flotte se sert d'une nouvelle technologie appelée Implant Langagier, mais sur Everis, nous mettons du temps avant d'adopter les nouveautés. Nous sommes une espèce millénaire, avec des coutumes anciennes, et nous n'aimons pas le changement.

— Qu'est-ce que c'est ? Je ne comprends pas.

Je levai la main vers son oreille, puis la laissai retomber. Avais-je envie de toucher ce bouton ? De le toucher lui ? Non.

— C'est un appareil de traduction qui me permet de communiquer avec n'importe quelle espèce de l'univers. Il me permet de parler et de comprendre toutes les langues de la Terre et de toutes les planètes membres.

Un traducteur ? Maddox était capable de parler toutes les langues de la Terre ? De l'univers ? Je me mordis la lèvre pour m'empêcher de rire à nouveau.

— Ce que vous dites n'a aucun sens. Je n'arrive pas à

déterminer si vous êtes cruel ou si vous croyez véritablement ce que vous dites.

Je lui montrai le ciel, qui était ensoleillé, à présent, et j'ajoutai :

— Quoi qu'il en soit... il faut que j'y aille. M. Anderson doit se demander où je suis. J'aurais déjà dû commencer à préparer le café et les biscuits.

Je tournai les talons et commençai à m'éloigner. Je ne courus pas, car cela lui aurait fait comprendre qu'en plus de ne pas le croire, je le craignais.

J'atteignis le haut du petit monticule qui se trouvait dans la prairie lorsqu'il lança :

— La marque sur ta paume, Cassie.

Je passai les doigts sur la marque qui me picotait toujours, puis m'arrêtai, mais sans me retourner.

— C'est une marque d'accouplement, reprit-il. Quand je suis arrivé ici, quand je me suis approché de toi, elle s'est éveillée.

Je me remis à marcher. Je ne voulais pas entendre cela. Je ne voulais pas croire que cela pouvait être vrai.

— Cinq jours ! s'écria-t-il. Quatre rêves.

Les images de ces rêves saisissants me revinrent à l'esprit.

— Moi aussi, j'en fais. Les rêves, la marque sur ta paume. Je sais que tu as un petit grain de beauté sur la hanche droite. Tu as une cicatrice au coude gauche. Je sais quel bruit tu fais quand tu jouis sur mon sexe.

Je poussai une petite exclamation face à ces informations intimes. La vérité dans ses mots me brûla la peau. Je savais ce que je ressentais quand je jouissais sur son sexe.

— Tu peux tenter de fuir la vérité, mais ces rêves ne cesseront pas de venir. Et moi, non plus.

Alors je fuis, relevai le bas de ma robe et m'élançai dans la prairie, ne m'arrêtant que quand j'atteignis la porte de derrière. Je savais qu'il m'avait suivie, et j'avais beau me détester pour cela, je ralentis pour m'assurer de ne pas rentrer seule. Les mots de Maddox avaient beau me perturber, le regard trop étincelant de Nero me terrifiait.

Devant la porte de derrière, je remis de l'ordre dans mes cheveux, qui s'étaient détachés et me retombaient sur les épaules, mes épingles éparpillées dans la prairie. Je me fis un chignon à la base de la nuque. J'étais en sueur et essoufflée. Lorsque je baissai les yeux, je réalisai que les boutons du haut de ma robe n'étaient pas fermés. Avec hâte, je me rendis plus présentable avant d'entrer dans la cuisine. Je ne voulais pas que M. Anderson découvre ce qui se passait avec M. Maddox. C'était un secret que je n'étais pas prête à dévoiler. Comment l'aurais-je pu ? Même moi, je ne croyais pas en cette histoire à dormir debout. J'étais incapable d'expliquer comment il faisait pour savoir toutes ces choses.

Je pris une grande inspiration, puis une autre, et entrai dans la cuisine. Étonnamment, tout était plongé dans le silence. La cuisinière était toujours froide, la cafetière sèche. M. Anderson n'était pas cuisinier, mais il savait faire du café.

J'entendais le tic-tac de l'horloge située sur le manteau de la cheminée dans le petit salon.

— Il y a quelqu'un ? lançai-je.

Je poussai la porte battante qui menait à la salle à manger. La table était nue, la pièce vide. J'entrai et vis que la porte d'entrée était ouverte. J'allai dans l'entrée pour la fermer, et je m'aperçus que Maddox y était déjà. Il entra, et je me détournai pour regagner la cuisine. Juste avant d'entrer dans la pièce, j'aperçus une botte d'homme dans l'entrée. Je m'avançai, et vis une jambe. On aurait dit que l'homme dormait au pied des escaliers. M. Anderson était-il tombé ? Le vieil homme était fragile.

Je m'approchai et me plaquai une main sur le nez lorsque l'odeur métallique du sang frais m'assaillit. M.

Anderson n'était pas tombé dans les escaliers. Il y avait du sang, tellement de sang qu'il reposait dans une flaque. Ses yeux étaient grands ouverts, mais aveugles, sa tête tournée dans un angle anormal, et sa gorge avait été tranchée, une coupure brutale qui révélait le trou en son centre. C'était un meurtre violent, et sa tête ne pendait plus qu'à un fil. Du sang continuait de couler de son cou pour s'ajouter à la flaque rouge foncé qui grandissait sur le parquet.

L'homme qui avait été comme un père pour moi regardait le plafond sans le voir, sa peau couleur de cendre, son visage ridé et sa bouche ouverte dans un cri silencieux.

— Oh, Seigneur. M. Anders...

Ma gorge se serra, et je ne réussis pas à finir de prononcer son nom, non que ce soit important. Quelqu'un lui avait fait subir cela. Quelqu'un était entré dans la pension et l'avait attaqué. L'avait *assassiné*.

— Oh, non, m'exclamai-je.

Je me retournai et traversai la salle à manger en courant, sentant plus que voyant un mouvement flou à côté de moi. J'ouvris la porte de la cuisine et heurtai un corps solide. Deux bras puissants m'entourèrent, me serrèrent.

Je le poussai et le rouai de coups de poing.

— Non ! Lâchez-moi ! Laissez-moi tranquille ! m'écriai-je.

J'allais être assassinée, moi aussi. On allait me découper et me laisser inerte sur le sol.

— Non !

— Cassie, dit l'homme. Cassie !

Il m'attrapa par les épaules et me secoua. Il se baissa pour se mettre à ma hauteur, et je vis ses yeux, ses yeux bleu clair.

— C'est Maddox, dit-il. Nous devons partir.

Je tremblais de la tête aux pieds.

— Comment êtes-vous arrivé ici ? Vous étiez devant...

Je ne terminai pas ma phrase, me fichant des détails alors que mon estomac se soulevait face à l'image de la gorge de M. Anderson. J'avais vu une vache être abattue, une fois, la gorge tranchée par un long couteau pour que le sang s'écoule. Cette image m'avait marquée, et j'avais refusé de manger du bœuf durant tout un hiver, après cela. Mais ça...

J'étais incapable de parler, alors je montrai M. Anderson d'une main tremblante.

— Il est mort.

— Je suis désolé, dit M. Maddox.

Il me dévisagea un moment, puis leva la tête et huma l'air comme un limier. Il plissa les yeux et me plaça derrière lui.

— Reste derrière moi. Là où je peux te voir.

7

 assie

Il me lâcha, et je me concentrai sur ses épaules larges, sur ses longs cheveux noirs et soyeux, qu'il avait attachés dans sa nuque. Je ne regardai pas M. Anderson. Je ne voulais plus le voir ainsi, je craignais de ne pouvoir jamais chasser cette image de ma mémoire. J'écoutai les pas lourds de Maddox alors qu'il s'approchait du corps, puis s'arrêtait. Je regardais le mur d'un air distrait, son papier peint aux motifs de lierre et de marguerites qui avait orné le couloir d'aussi loin que je me souvienne.

Mon esprit avait besoin d'une tâche à accomplir, d'une routine rassurante, et j'envisageai d'allumer le poêle, car il serait bientôt sept heures. Je tordis les mains et oubliai cette idée farfelue. Il était inutile de cuisiner. Inutile de préparer le café ou le petit-déjeuner. M. Anderson était mort, et ne nécessitait ni l'un ni l'autre.

Maddox se tourna vers moi et me souleva dans ses bras. Je blottis mon visage dans son cou alors qu'il enjambait le cadavre de M. Anderson et montait les escaliers jusqu'au premier étage. Quand je fus de nouveau debout, il me dit de rester près de lui et sortit un drôle de pistolet de l'une de ses poches. Il était plus petit que les revolvers que j'avais vus au village, et avait une vive couleur argentée, pas noire. J'observai l'arme à feu, confuse. Je ne voyais pas d'endroit où charger les balles. Il était complètement lisse, comme le côté bombé d'une jolie cuillère en argent.

Il me laissa en haut des escaliers, et je le regardai passer de pièce en pièce. Il revint moins d'une minute plus tard, mais ce court moment avait suffi à me faire perdre mon calme.

— Et les autres ? demandai-je. M. Bernot et M. Williams étaient là, cette nuit.

— Celui qui t'a touché les fesses est parti à l'hôtel hier soir, dit-il la mâchoire serrée, le cou crispé.

— Quoi ?

Je ne comprenais pas ce qu'il voulait dire. M. Bernot était à la pension la veille au soir.

— Il avait payé deux nuits d'avance, ajoutai-je.

Maddox secoua la tête avec lenteur, son regard concentré sur moi.

— Je l'ai escorté jusqu'à l'hôtel du village hier soir, après qu'il ait osé te toucher. Il n'est plus là.

Cette déclaration me rendit nerveuse et étrangement flattée à la fois. Personne ne s'était jamais vraiment préoccupé de moi. Personne ne m'avait protégée des mains baladeuses, ni de quoi que ce soit d'autre, d'ailleurs. M. et Mme Anderson m'avaient bien élevée, mais sans beaucoup d'amour. Pas comme je l'aurais voulu. Ma mère biologique avait admis que j'étais une bâtarde, et Mme Anderson, pieuse comme elle l'était, ne me l'avait jamais vraiment pardonné.

— Et M. Williams ? demandai-je.

— Le vieil homme dans la deuxième chambre ? demanda M. Maddox en montrant la porte de la tête.

— Oui.

— Il est mort, lui aussi. Si ça peut te consoler, il semblerait qu'il était endormi, et il n'a dû se rendre compte de rien.

M. Anderson, lui, n'avait été que trop conscient de ce qui l'attendait.

Je secouai la tête et dépassai M. Maddox pour courir jusqu'à la porte de la chambre de M. Williams. Elle était entrouverte, et l'odeur du sang m'assaillit avant que je ne puisse pousser la poignée. Je m'arrêtai, incapable d'ouvrir la porte davantage. Je ne voulais pas en voir plus. J'en avais assez vu. Et cette odeur... Encore du sang...

C'est le moment que mon estomac choisit pour se révolter. Je me ruai vers les escaliers de service et courus jusqu'à la porte de derrière. Je me laissai tomber à genoux dans l'herbe, me penchai en avant et vomis le peu de nourriture que j'avais dans le ventre. Je n'avais rien mangé depuis le souper, pas même bu un café.

Une ombre apparut sur l'herbe avant que Maddox ne s'agenouille derrière moi, ses jambes contre mon corps.

Ses mains se posèrent sur ma nuque alors qu'il me tendait un linge.

Je m'essuyai la bouche avec et tentai de reprendre mon souffle.

— C'est cet homme qui a fait ça ? demandai-je en passant les doigts dans les herbes hautes. Nero ? L'homme que tu pourchasses ?

— Oui, répondit Maddox d'une voix grave et amère. C'était un autre message. Un message bien plus violent, plus adapté à sa nature.

— Pourquoi ? demandai-je en tentant de respirer l'air

frais, mais l'odeur du sang versé me picotait toujours le nez. Pourquoi a-t-il fait cela ? Était-ce à cause de moi ? Je ne suis qu'une femme qui travaille dans une pension. Je n'ai pas de famille, pas de galant, ni avenir ni argent. Je ne suis rien.

Maddox passa un bras autour de ma taille, il me souleva et nous fit tourner pour que je me tienne devant lui. Les doigts sous mon menton, il m'obligea à lever les yeux vers lui.

— Tu n'es pas rien, répondit-il avec véhémence. Tu es ma compagne. Tu m'appartiens. Tu n'es *pas* seule. Ce que Nero a fait, le massacre de ces deux hommes... C'est exactement ce qu'il a fait à ma sœur.

Mon estomac se souleva et je perdis l'équilibre, penchée lourdement sur le bras sûr de Maddox.

— Pourquoi ? Pourquoi moi ? Il ne me connaît pas. Il ne sait rien de moi.

— Il sait que tu es à moi, Cassie. Il sait qu'il peut me faire du mal à travers toi.

Je dégageai ma main de son étreinte.

— Alors, va-t'en ! Va-t'en, et emporte ce danger avec toi. Tu as fait de tes problèmes mes problèmes. M. Anderson est mort à cause de toi !

Il secoua lentement la tête.

— Nero est un psychopathe. Il tuera tous ceux qui se dressent sur son chemin. Mais en effet, il faut partir. Je t'ai dit que je ne m'en irai pas sans toi. Je ne peux pas.

Il serra la mâchoire, et des sillons apparurent de chaque côté de sa bouche et de ses yeux alors qu'il levait la tête pour regarder autour de nous. Il me réconfortait, me protégeait, et pendant tout ce temps, cet assassin était peut-être là, à nous observer. Mais Maddox ne m'avait pas abandonnée. Même à présent, il m'abritait du vent avec son corps, risquait sa propre vie pour rester avec moi.

— Est-il toujours là ? À nous observer ?

— Non, Cassie, dit-il en me pressant d'un bras rassurant. Non. Il est parti. Il est mauvais, mais pas stupide. S'il était toujours là, je l'aurais tué. Il frappe, puis il fuit comme le lâche qu'il est.

— Alors si tu t'en vas, il te suivra. Tout ira bien, répondis-je.

Mais je savais que rien n'irait plus jamais bien. Si Maddox s'en allait, je ne trouverais pas M. Anderson à l'intérieur, occupé à tenter d'écailler un œuf. Je trouverais son corps sans vie dans une mare de sang.

— Non, il ne me suivra pas, répondit Maddox. Pas maintenant qu'il t'a trouvée. Tu ne peux pas rester ici, Cassie. Si je m'en vais, il ne me suivra pas, c'est toi qu'il suivra. Il te tuera.

Je secouai la tête, et ma nausée fut remplacée par la peur, un froid glacial qui transforma mes membres en plomb et me vida étrangement l'esprit.

— Tu es fou. Vous êtes fous tous les deux.

Je commençai à perdre les pédales. J'avais l'impression qu'une dizaine de serpents à sonnette étaient logés dans mon ventre. Mes mains devinrent moites, et ma vue devint floue.

— Tu es sous le choc, Cassie.

— Sous le choc ? Évidemment, que je suis sous le choc.

Il prit mon visage dans ses mains, et je croisai son regard bleu. C'était la seule chose que je voyais alors qu'il reprenait la parole :

— Non, ton corps réagit au traumatisme d'avoir trouvé ce cadavre à l'intérieur. Respire. Oui, c'est bien. Encore. Bravo, encore une fois.

Quand ma vue s'éclaircit, quand je fus calmée, il soupira et me serra contre lui. Je n'avais pas la force de résister, alors je me contentai de m'effondrer contre lui et de coller mon oreille à son cœur battant. Le rythme soutenu et régulier m'apaisa pendant plusieurs longues minutes. Quand j'estimai que je pouvais tenir debout toute seule, que mon corps écouterait peut-être mes ordres, je le repoussai, prête à partir. Prête à fuir.

Je voulais aller voir le shérif, mais je ne savais pas comment expliquer ce qui s'était passé, qui était responsable. Quelqu'un devrait nettoyer les corps – la maison. J'en étais incapable. Le shérif le ferait peut-être, ou certaines des femmes que je fréquentais à l'église ?

Quoi qu'il advienne, il faudrait que je garde la tête froide. Que j'arrête de penser aux baisers de Maddox et à cette histoire d'accouplement. Que j'arrête de penser au meurtre. Que je m'abstienne de parler d'implants, de vaisseaux spatiaux et d'autres planètes. Parler comme une déséquilibrée ne me mènerait nulle part. Le shérif ne croirait pas en l'existence d'hommes venus... d'ailleurs. La pension m'appartenait sûrement, à présent, mais que se passerait-il si M. Anderson l'avait léguée à quelqu'un d'autre dans son testament ? Comment survivrais-je ? Toute seule, sans foyer ? Je refusais d'envisager d'aller travailler en ville pour Madame Maryanne.

Je redressai les épaules et réfléchis à mes options. Je me marierais, plutôt. L'année précédente, j'avais refusé les avances de deux messieurs plus âgés, rencontrés à l'église. Ils étaient restés célibataires. Cela vaudrait mieux que de devenir l'une des prostituées de Maryanne.

Seigneur. Je devais être sous le choc. Mes pensées étaient irrationnelles et insensées.

— Je... je dois aller chercher le shérif, murmurai-je en m'éloignant.

— Tu viens avec moi.

Je croisai le regard de Maddox et refusai d'accepter le désir ardent qui me submergea. Maddox était dangereux et racontait des choses fantaisistes qu'aucune femme sensée ne pourrait croire.

— Je suis désolée, je ne peux pas. Il faut que j'aille en ville pour chercher le shérif.

Il bougea et nous nous levâmes, mais il laissa son bras autour de moi.

— Oublie ce maudit shérif, Cassie. Il faut que tu viennes avec moi. Tu n'as pas le choix.

— Si, j'ai le choix, répondis-je en croisant les bras sur ma poitrine. Et je choisis d'aller en ville.

Il secoua la tête.

— C'est trop dangereux.

— Pourquoi ? *Pourquoi ?* Je n'arrête pas de te répéter la même chose. Si tu pars, il te suivra. C'est la conséquence logique.

Maddox me secoua doucement les épaules, juste assez pour me forcer à lever la tête et à croiser son regard.

— Et moi aussi, je n'arrête pas de te répéter la même chose, répondit-il. Nero sait que tu comptes à mes yeux. S'il n'a pas encore réalisé que nous sommes des compagnons marqués, il s'en rendra bientôt compte.

Je tentai de me dégager.

— Je ne suis pas ta compagne, ou je ne sais quoi. Lâche-moi.

— Je ne peux pas. Je ne veux pas. Tu es à moi, et je suis à toi. Je suis la seule personne capable de te sauver. La seule personne au monde, dans tout l'univers, qui t'appartient.

Je laissai retomber mes bras. Argumenter semblait futile.

— Personne n'appartient à qui que ce soit. Et je ne crois pas que tu viennes... d'ailleurs.

Il leva sa main libre et la plaça devant moi, paume vers le haut. Là, au même endroit que la mienne, se trouvait une tache de naissance identique à celle sur ma peau.

— C'est une tache de naissance, Cassie. Tu as raison.

Mais elle a un but, elle nous lie. C'est une marque qui prouve que tu es à moi. Ma marque, dit-il.

Une marque. Pendant tout ce temps, je l'avais prise pour autre chose, quelque chose de banal.

Avec douceur, il me saisit le poignet et me leva la main gauche pour regarder ma paume.

— Ta marque. Elles se trouvent au même endroit, et elles émettent de la chaleur. C'est le cas de la mienne, en tout cas. Et la tienne, Cassie ?

Je regardai ma marque, puis la sienne, regardai le motif pâle que je connaissais par cœur depuis que j'étais petite, la chair gonflée qui m'avait paru inoffensive. Je m'étais toujours posé des questions sur cette drôle de tache de naissance, avec ses tourbillons hypnotiques. Je n'avais jamais envisagé qu'elle puisse signifier quelque chose, jusqu'à il y a cinq jours, lorsque les rêves avaient commencé. Les rêves. Et Maddox.

Face à mon absence de réponse, il colla nos paumes l'une à l'autre et entremêla nos doigts.

Je haletai lorsqu'une vague de chaleur m'inonda le corps à partir de la marque. Mes seins devinrent lourds et mon intimité se serra, j'avais follement envie d'être touchée. Mon cœur faillit bondir hors de ma poitrine, et j'étais incapable de quitter ses lèvres, sa peau des yeux. Ma main se cramponna à la sienne, cherchant désespérément plus de contact. Je levai les yeux, et je remarquai le battement de son pouls à la base de son cou, les muscles tendus de sa mâchoire alors qu'il serrait les dents, luttant pour se maîtriser. Quand je le regardai enfin dans ses yeux, ses iris s'étaient assombris, et le désir intense que j'y lus me coupa le souffle.

Il pensait chaque mot qu'il avait prononcé. Oserais-je le croire ? Comment ne le pourrais-je pas, quand la preuve de notre lien flambait à travers mon corps comme un éclair liquide ?

— Je ne comprends rien à tout ça, murmurai-je.

— Je sais. Ta mère aurait dû partager tout ça avec toi dès que tu as été en âge de comprendre. Tu aurais dû connaître ton histoire, la vérité sur ta marque aurait dû t'être racontée, mais tu es devenue orpheline et la vérité est morte avec tes parents. Je vais tout te raconter, mais ce n'est pas le moment. Je veux que tu me fasses confiance. Laisse-moi t'emmener loin d'ici. Nous devons regagner mon vaisseau, là où tu seras en sécurité. Je ne peux pas te protéger de Nero ailleurs sur cette planète, tant que je ne l'aurai pas éliminé.

— Tant que tu ne l'auras pas tué, tu veux dire.

Maddox jeta un regard à la maison, et l'image du cadavre de M. Anderson me revint en tête.

— Ne le mérite-t-il pas ? demanda Maddox.

— Si.

S'il était responsable du meurtre de M. Anderson, il méritait bien pire que la mort. J'ignorais si Maddox avait véritablement un vaisseau magique capable de me protéger, mais j'étais convaincue que je serais plus en sécurité avec lui que seule. Le reste ? Nos marques ? Cette histoire d'accouplement ? J'y penserais plus tard. Je jetai un coup d'œil vers la maison, l'échine glacée par la peur.

— Le vaisseau est bien caché pendant que nous chassons, dit-il. Il est trop loin pour y aller à pied. Tu as des chevaux ?

— Oui.

— Alors tu es d'accord ? Tu viens avec moi ?

— Mais, M. Anderson...

Je pensai à l'homme qui avait fait de son mieux pour m'élever, qui avait survécu à la mort de sa femme et de son fils. C'était un homme bon, et il avait été massacré. J'allais le laisser baigner dans une flaque de son propre sang.

— Je suis désolé, Cassie. Il n'aurait pas dû être abattu ainsi — et le pensionnaire de l'étage non plus. Mais tu ne veux pas être la suivante. Je ne le permettrai pas.

Je le regardai, et vis la lueur sérieuse et déterminée dans ses yeux.

— C'est d'accord, dis-je. Mais seulement en attendant la mort de Nero. Je ne viens pas pour être ta compagne... comme tu dis, et je m'attends à ce que tu gardes tes mains pour toi.

Je me fis violence et arrachai mes mains aux siennes, rompant notre lien. La sensation de ses paumes calleuses, de sa tache de naissance — non, de sa marque — me donnait envie de maintenir ce contact. Ma raison et mes sentiments n'étaient pas en accord. Je ne pouvais pas succomber ainsi au désir scandaleux que j'éprouvais pour cet homme, cet inconnu. Je ne pouvais pas succomber à mes bas instincts, comme l'avait fait ma mère. Je ne savais rien de Maddox, ni de l'endroit d'où il venait. Lui savait beaucoup trop de choses sur moi. Je l'avais laissé prendre des libertés, avais entretenu une intimité avec lui que je n'avais même jamais connue avec Charles.

Maddox était potentiellement déséquilibré, et une crapule voulait le tuer. Et me tuer moi. Il fallait que Maddox capture Nero pour que je puisse poursuivre ma vie, regagner la pension et la gérer moi-même. Avec la mort de M. Anderson, c'était tout ce que j'avais, tout ce que je connaissais. Mon désir pour Maddox, une fois qu'il aurait quitté ma vie, se fanerait. En attendant, il me suffisait de m'abstenir.

Mais il ne m'avait pas touché contre mon gré comme M. Bernot et d'autres hommes par le passé. Il m'avait embrassée — et quel baiser ! —, mais il n'avait pas été pressant. Passionné, oui. Mais pas insistant. Je ne voulais même pas penser à la façon dont j'avais accepté ses avances. Alors je repris ma main, rompant notre lien, car ma raison était d'accord avec mon corps à ce propos, au moins : nous partagions bel et bien un lien.

Il ne tenta pas de m'en empêcher, mais ses épaules se détendirent, et je me demandai s'il était soulagé que j'aie accepté de l'accompagner, ou s'il regrettait de me l'avoir demandé.

8

Maddox

Cassie était à côté de moi, sa jument tachetée — elle m'avait expliqué la différence entre nos animaux — avançait d'un pas assuré à côté de mon cheval alors que nous chevauchions vers l'ouest en direction des montagnes, vers la sécurité que nous offrirait mon vaisseau. Nous suivions les mêmes coordonnées que j'avais empruntées pour la trouver. Je savais que dès qu'elle serait à l'intérieur du vaisseau, je pourrais me servir de notre technologie pour la protéger. Nero ne pourrait pas entrer, et aucune de ses armes, qu'elles soient terriennes ou everiennes, ne serait en mesure d'abîmer le vaisseau.

Mon besoin d'atteindre ces technologies everienne me poussa à chevaucher plus vite, tout en gardant un œil sur la ligne d'horizon, mon pistolet à ions à portée de main.

Cassie me montra comment aller plus vite, mais c'était difficile. Alors que je tentais de rester en selle, je me demandai ce qu'elle penserait d'Everis, de notre ciel violet pâle et de nos cités anciennes faites d'empilements de pierres, un peu comme les pyramides terriennes. Mon frère serait content pour moi ; sa jolie compagne prendrait sans doute Cassie sous son aile et lui apprendrait tout ce qu'elle aurait besoin de savoir pour devenir une bonne compagne pour notre famille, pour notre planète.

Une bonne compagne. Acceptable. Correcte. Comme je n'avais jamais réussi à l'être.

— Alors, parle-moi de ton monde, Maddox. Convaincs-moi que tu dis la vérité.

En parlant, Cassie regardait sa marque. Sa demande me surprit et me ravit à la fois. Son esprit avait peut-être seulement besoin d'un peu de temps pour accepter la vérité.

— Ma planète ressemble beaucoup à la Terre. Elle s'appelle Everis. Nous avons deux petites étoiles et un ciel violet pâle qui passe au rouge vif quand la première étoile se cache sous l'horizon.

— Des étoiles ? Elles sont si lointaines.

— Ton soleil est une étoile. Alors nous avons deux petits soleils dans notre ciel.

— Deux ?

Ce concept semblait l'émerveiller. C'était sans doute normal, puisqu'elle ne connaissait que la Terre.

Elle soupira et plaça une longue mèche blonde derrière son oreille.

— Et ta famille ? Tu en as une ?

— Ma famille est puissante. Elle siège au conseil dirigeant le plus important, le conseil des Sept, depuis des centaines d'années. C'est mon frère qui nous représente, en ce moment. Mon père n'en est plus capable depuis le meurtre de ma sœur.

— Maddie ?

— Oui.

— Tu l'aimais ?

Je me raidis en entendant sa drôle de question, et mon

cheval fit un pas de côté. Je calmai l'animal, lui caressai l'encolure pour m'excuser.

— Bien sûr, quelle question !

Elle haussa les épaules, comme si ce qu'elle avait dit n'avait pas d'importance, mais je savais qu'elle cachait quelque chose.

— Cassie ? insistai-je.

Elle poussa un soupir, son regard posé sur un oiseau qui se laissait porter par le vent loin au-dessus de nos têtes. Les cheveux volant au vent, les joues embrasées par le soleil, Cassie était complètement en accord avec ce paysage accidenté et ses vents indomptables. Je tentai de l'imaginer en train de s'incliner devant les Sept pour leur présenter notre enfant nouveau-né, mais je fus incapable de réconcilier ces deux images d'elle.

— Je me demandais, c'est tout. Tous les enfants ne sont pas aimés.

Le vent semblait lui murmurer des choses. La jument suivait ses indications comme si elles ne formaient qu'un. Elle avait quelque chose de sauvage dans le sang, une chose qui, je le savais, plairait beaucoup à l'élite d'Everis.

— C'était ma jumelle, et nous étions inséparables. Nero était... épris d'elle. Tu vois, les gens n'ont pas besoin d'être marqués pour être ensemble. La plupart des liens se font par choix, pas à cause du destin. Mais le père de Nero a été surpris en train de violer la loi. Il a fourni des armes à une autre planète membre.

— Mais ça, c'est le crime de son père. Qu'avait fait Nero ?

Je me l'étais demandé à de nombreuses reprises. Qu'avait donc fait Nero pour mériter ce qui lui était arrivé ? Rien, en fait. Sa haine n'était pas difficile à comprendre.

— Il était né dans la mauvaise famille. Quand son père a

perdu son siège au conseil des Sept, leur famille a tout perdu.

— C'est injuste. Et je croyais que tu avais dit qu'il avait assassiné Maddie. Pourquoi ?

— Oui, c'est ce qu'il a fait. Quand ils ont tout perdu, Maddie a rompu leurs fiançailles. Mon père lui avait interdit de s'unir à lui, et elle s'était mise à craindre Nero et sa famille. Elle avait raison.

Cassie secoua la tête.

— Alors, elle lui a brisé le cœur, et il l'a tuée.

C'était un bon résumé.

— Oui.

— C'est très triste.

— Ce genre de chose n'arrive-t-il jamais sur Terre ?

Si j'étais un simple guerrier des zones périphériques comme Jace et Flynn, je n'aurais pas besoin de me demander si elle s'adapterait à sa nouvelle vie. Ces femmes-là étaient aussi sauvages que leurs hommes, elles jouissaient d'une liberté totale. Les anciennes traditions étaient seulement suivies dans les villes de pierres.

Notre société était stricte et traditionnelle, mais les femmes avaient beaucoup de pouvoir, et elles étaient chéries et protégées par-dessus tout. Et j'avais vu la lueur ardente dans les yeux de Cassie quand j'avais menacé de la fesser, quand je l'avais pénétrée avec mes doigts. Elle s'ajusterait très bien. Nous étions une espèce millénaire, assez avancée pour s'assurer que personne ne meure de faim, que personne ne soit à la rue. Notre régime politique était stable, et nos guerres étaient limitées à la lutte universelle qui faisait rage dans l'espace contre la Ruche.

Et Cassie était jeune, innocente et si magnifique, que la regarder serrait mon cœur et mon sexe de désir.

Elle mit un long moment à répondre à ma question, mais j'attendis qu'elle réfléchisse. Je ne savais rien des coutumes d'accouplement terriennes, de ce que ma compagne attendait de moi. Ne croyaient-ils pas en l'amour ? En l'éternité ?

— Si. Des gens perdent sans arrêt la tête à cause de l'amour, dit-elle.

Elle semblait si triste, résignée, et je tentai de me souvenir qu'elle venait de perdre le père de son mari et qu'elle avait été forcée de fuir son foyer. J'avais du mal à concilier ma tristesse de la voir souffrir avec ma joie dès que je la voyais, dès que je sentais sa douce odeur de rose et de soleil, dès que je me souvenais de la sensation de sa peau sous mes doigts et ma bouche. C'était à moi de lui éviter les peines et de lui apporter du plaisir.

— Et as-tu déjà perdu la tête par amour ? demandai-je. Pour ton mari, peut-être.

Elle avait été mariée, et pourtant, j'avais envie qu'elle me réponde *non*. Une partie enfouie de moi, une partie primitive, voulait que je sois le seul homme qu'elle aimerait de toute sa vie. Je tentais de me convaincre que tout ce qui importait, c'était qu'elle soit à mes côtés, que j'avais le temps de la conquérir, mais l'organe douloureux que j'avais dans la poitrine refusait de m'écouter.

Le sourire triste de Cassie me donna envie d'arrêter les chevaux et de l'asseoir sur mes genoux, de l'embrasser jusqu'à ce que le chagrin quitte ses yeux.

— Non. Mon mariage avec Charles était une union... de raison. Il avait six ans de plus que moi, et nous avions été élevés dans la même maison. À mes dix-huit ans, il nous a semblé... facile de nous marier. Nous nous connaissions, et nous voulions tous les deux aider à gérer la pension. Je me sentais bien avec lui, mais ce n'était pas de l'amour. Quant à perdre la tête par amour ? La seule fois où cela s'est produit, c'était derrière ce poulailler. Avec toi.

Le souvenir de son désir sur ma langue alors qu'elle

gémissait, de ses mains dans mes cheveux, me donna immédiatement une érection. Je voulais revivre cela. Tout de suite.

Je m'étais rarement imaginé trouver ma compagne marquée, et quand j'avais osé espérer que cela se produise, je m'étais vu la déshabiller avec hâte, la séduire avec mon regard et mes yeux jusqu'à ce qu'elle me supplie de la prendre, de la baiser, de l'emplir et de la faire mienne. Les compagnons marqués avaient instantanément envie l'un de l'autre, étaient impatients de sceller leur lien à travers des ébats d'accouplement — une relation sexuelle durant laquelle les marques étaient en contact—, et ne perdaient pas de temps pour le faire. La plupart des compagnons marqués s'unissaient le jour de leur rencontre. Ils *savaient,* tout simplement.

Les marques étaient leur guide, leur lien.

À présent, j'étais obligé de me demander combien de compagnons marqués avaient été séparés par des distances trop grandes pour être surmontées.

Je savais que des millénaires plus tôt, des Everiens avaient conquis des planètes lointaines, mais je n'aurais jamais imaginé qu'ils aient pu s'installer sur Terre. Quant à Cassie, je n'aurais jamais pu m'imaginer être accouplée à une femme comme elle. Elle avait été mariée, mais son compagnon était mort. À en juger par la surprise dans ses yeux quand je l'avais touchée, cet homme ne lui avait pas donné le plaisir qu'elle méritait. Et à en juger par ce qu'elle venait de me dire, il n'avait pas non plus réussi à gagner son cœur. Mais ce n'était pas surprenant.

Il n'était pas son compagnon marqué, contrairement à moi.

Alors, tout ce qu'elle avait partagé avec son mari n'avait été que temporaire, en attendant que je la trouve. J'étais reconnaissant envers cet homme de l'avoir protégée.

À présent... à présent, les choses seraient différentes. Je

réveillerais sa marque, mais aussi tous ses désirs et ses fantasmes les plus obscurs. Et je les réaliserais. Tous. Jusqu'au. Dernier.

Être veuve l'avait rendue vulnérable. J'étais surpris qu'elle ne se soit pas encore remariée, étant donné qu'elle ignorait tout de son histoire et de sa marque. Avec sa beauté, son attitude passionnée, son côté travailleur, les hommes terriens avaient dû lui courir après. Des hommes plus dignes d'elle que l'enfoiré qui lui avait mis la main aux fesses.

Le simple fait de penser à ce connard arrogant me donna envie de faire tourner les sabots de mon animal et d'aller le tuer, mais si je le faisais, je ne vaudrais pas mieux que Nero. Je n'étais tout simplement pas habitué à ce que les femmes soient traitées aussi mal, avec un tel mépris et un tel manque de respect. Mais c'était la Terre, un endroit quelque peu arriéré et rustique. Ils n'étaient pas aussi avancés qu'Everis à bien des égards. Et cela me ramenait à l'ignorance de Cassie quant à sa marque.

Elle était censée être mienne, ma compagne, la seule et unique femme de l'univers destinée à m'appartenir. J'avais collé ma main à la sienne, scellé nos marques et laissé la chaleur de notre lien d'accouplement s'écouler librement entre nous. Mon sexe avait durci, et ma peau était comme en feu. J'avais lu l'ardeur dans ses yeux, mais elle avait refusé d'y croire. Elle m'avait simplement regardé dans les yeux et m'avait calmement informé qu'elle ne m'accompagnerait que jusqu'à la mort de Nero, et que je devais garder mes désirs pour moi.

Je n'aurais jamais imaginé qu'elle douterait de ma demande ou refuserait de me toucher. Mon corps était prêt pour elle, impatient, prêt à la déshabiller et à la faire mienne. Mais je ne créerais des liens avec elle que si elle l'acceptait, si elle me voulait autant que je la voulais. Je ne me lierais à elle que si elle le désirait aussi désespérément que moi.

J'entendais presque le rire de Thorn. Ce connard arrogant avait des femmes à la pelle sur Everis, et pourtant, il ne leur donnait pas son cœur. Comme moi, il venait d'une famille puissante. Et comme moi, il n'était pas l'aîné et n'hériterait pas d'un titre ou d'un siège au conseil des Sept. Pourtant, il avait un don avec les femmes. Il n'avait jamais de problème avec les femmes. Il prétendait être trop bon au lit, qu'elles n'avaient même plus l'énergie pour se disputer.

L'idée de baiser Cassie jusqu'à ce qu'elle se soumette était vraiment tentante, car j'ignorais comment la convaincre que je lui disais la vérité, comment la convaincre de me croire. Ma seule option était de l'emmener sur le vaisseau et de lui permettre de le voir de ses propres yeux. Je pourrais partager ses rêves, la baiser encore et encore jusqu'à ce que ses orgasmes lui fassent perdre la tête, mais cela ne suffirait pas à la convaincre.

Les rêves étaient faciles à prendre à la légère, jugés fantaisistes. Mais un vaisseau équipé de canons sonar et de moteurs anti-gravité serait beaucoup plus difficile à ignorer.

Cassie avait continué de me surprendre, et j'en étais ravi. Elle avait sellé son cheval et avait préparé la jument en moins de temps qu'il m'en avait fallu pour poser une couverture sur le dos de mon animal nerveux. Elle m'avait rapidement écarté et avait accompli la tâche elle-même deux fois plus vite que je n'aurais pu le faire. Les deux chevaux l'avaient suivie docilement hors de l'écurie, comme des animaux de compagnie dressés et non des grosses bêtes. Elle avait mis quelques affaires dans une sacoche, y avait ajouté le fusil qui s'était trouvé au-dessus de la porte de la cuisine, puis avait monté sa jument et m'avait regardé comme une reine assise sur un trône. Même maintenant, je la regardais bouger, essayant d'imiter ses mouvements fluides sur la selle. Ma Cassie ne rebondissait pas et ne glissait pas comme je le faisais. Elle semblait ne faire qu'un avec la jument.

Apparemment, elle aimait plus ce foutu animal que moi.

Cette pensée était irrationnelle et enfantine, mais c'était mon cœur qui parlait, pas ma raison. Elle était à moi. *À moi.* Et elle n'était pas censée me rejeter, ni m'obliger à prouver ma valeur. Le destin divin avait pris la décision pour nous deux. Je n'aurais jamais imaginé avoir affaire à une femme qui n'avait aucune idée de ce que signifiait sa marque, qui ignorerait mes origines. Je ne m'étais pas non plus attendu à devoir la garder en vie tout en essayant de la courtiser. Si elle avait su ce que notre lien impliquait, elle serait venue d'elle-même.

Au lieu de cela, je m'étais imaginé la rencontrer sur Everis, sa marque appelant la mienne alors que je la porterais jusqu'à l'endroit tranquille le plus proche, lui soulèverais ses jupes, la baiserais vite et fort, avalant ses cris de plaisir avec mes baisers. Et ensuite ?

Mon imagination n'avait pas dépassé le stade de la baise, mon sexe désireux de chasser toutes les autres pensées de mon esprit. C'était peut-être aussi ce qui m'avait posé problème sur Terre. Mon sexe m'avait conduit à Cassie, et le danger avait suivi.

Je n'étais pas doué pour consoler et cajoler, et je m'inquiétais, car j'avais été obligé d'utiliser la peur — une peur pertinente — pour la persuader de m'accompagner. Seule la menace qui planait sur sa vie avait fonctionné. Mais après tout, je ne la connaissais que depuis une journée, et j'avais déjà posé ma bouche entre ses jambes et enfoncé mes doigts dans sa chaleur humide. Si j'avais disposé de quelques jours de plus, je l'aurais séduite pleinement, l'aurais conquise et l'aurais emmenée avec moi, avec sa permission.

À cause de Nero, je n'avais pas eu le temps de la courtiser ni de la séduire correctement. Encore un crime pour lequel il devrait payer.

Nous chevauchions depuis une heure, et je l'avais laissée à ses pensées. Elle avait sûrement des questions, mais j'attendrais qu'elle les pose à son rythme. J'en avais aussi cependant.

— Et ton père ? demandai-je.

Elle se tourna dans sa selle. Son visage était plongé dans l'ombre. La capeline qu'elle avait mise pour chevaucher la protégeait du soleil brûlant. Ses rayons étaient puissants, et me faisaient transpirer. C'était différent d'Everis, où la chaleur et la lumière venaient de très loin. Notre plus grande étoile était très vieille, et elle dispensait une chaleur douce et constante à ma planète. Notre deuxième étoile était plus proche, petite, mais lumineuse. Ses éruptions soudaines causaient de nombreuses tempêtes.

— Mon père ? répéta-t-elle.

Je hochai la tête.

— Tu m'as parlé de ta mère, du fait qu'elle était morte. Et ton père ?

Mon cheval s'ébroua et agita la queue.

— Je n'ai jamais connu mon père. Il a abandonné ma mère quand elle lui a dit qu'elle était enceinte. Elle ne parlait jamais beaucoup de lui, à part pour dire qu'il était jeune et beau, un homme de bonne famille.

— Ta mère n'était pas riche ?

Cassie secoua la tête.

— Non. Elle était bonne pour leur famille. Quand mon père a découvert qu'elle était enceinte, il lui a acheté un billet de train et s'est débarrassé de nous deux.

Le chagrin dans la voix de Cassie me faisait mal au cœur.

— Et ta mère est morte quand tu avais quatre ans ?

— Oui. D'une pneumonie, d'après le médecin. Mais tout

ce dont je me souviens, c'est qu'elle était tout le temps triste. Pendant des années, j'ai cru qu'elle était morte d'un cœur brisé.

— Ça explique pourquoi tu n'étais pas au courant, pour ta marque.

— Tu appelles ça une marque, dit-elle en levant la paume pour examiner les tourbillons qui la marquaient comme mienne. Toute ma vie, j'ai cru que c'était une simple tache de naissance. L'autre jour, elle s'est mise à me picoter et à chauffer. Elle est devenue brûlante, de façon presque insupportable quand tu es arrivé à la pension.

— Oui, la mienne aussi.

Elle sourit, puis secoua la tête, incrédule.

— Il faut que tu m'expliques, alors.

Par où commencer ? Je laissai mon cheval me guider alors que nous prenions un chemin rocheux au pied des montagnes. Nous quittions les collines ondoyantes de la prairie pour emprunter des sentiers étroits qui nous mèneraient là où était situé mon vaisseau. Les herbes hautes disparurent, remplacées par des buissons clairsemés et des pins avec des pointes en guise de feuilles. Ils ressemblaient beaucoup aux plantes d'Everis. En fait, la Terre était similaire à ma planète, de manière générale, de l'odeur de la terre aux nuages blancs gonflés qui flottaient dans le ciel. Mais nous nous distinguions des humains d'une façon en particulier :

— Tous les Everiens naissent avec une marque, mais pour la plupart d'entre eux, elle reste en sommeil. Trouver sa compagne marquée n'est pas du jamais vu, mais cela reste rare. Moins d'une personne sur cent la trouve.

— Mais ta marque n'est pas en sommeil ? dit-elle en se frottant la paume sur la cuisse comme si elle la dérangeait.

— Non. Pas depuis mon arrivée ici. Pas depuis que je t'ai trouvée.

— Mais je ne viens pas de ton monde. Je ne suis pas comme toi.

— Mais si, Cassie. Il y a des milliers d'années, mon peuple a décidé de coloniser la galaxie. Certains d'entre eux ont dû trouver la Terre et s'y sont installés.

— Alors, que veux-tu dire, Maddox ? Que tu es originaire d'une autre planète, et moi aussi ? C'est absurde.

— C'est la vérité.

— Et alors, quoi ? Je suis censée tomber follement amoureuse de toi ?

Puisse le Divin m'aider à rester patient. Où voulait-elle en venir ?

— Oui. Nous sommes destinés à être ensemble.

— Et comment est-ce censé fonctionner, au juste ? Je te mets dans mon lit, et ensuite, tu regagnes ton vaisseau et tu rentres sur Everis ?

— Non, Cassie. Je ne partirais jamais sans toi.

— Oh, alors maintenant, *je* suis censée aller sur une autre planète avec toi ?

— Oui. Tu m'accompagneras sur Everis, où tu seras présentée à la société everienne comme un membre de ma famille, un membre de l'élite.

Elle eut un rire moqueur.

— Ça va trop loin. Et moi qui commençais à vous croire.

— Tu feras partie de la haute société, Cassie. Et je serai là pour t'apprendre tout ce qu'il faudra que tu saches, pour te protéger.

Le fait qu'elle refuse de me croire me mettait en colère.

— Je suis une orpheline de Philadelphie. L'élite ? Je ne crois pas, non.

Elle secoua la tête et mena sa jument le long d'un ravin escarpé. Je n'avais pas assez d'énergie pour argumenter alors que mon cheval suivait la marche.

L'animal était nerveux, encore plus que moi. Il avait

affronté les autres obstacles sans broncher, mais cette portion de rivière à sec était plus profonde que les autres, située au moins trois mètres en contrebas des plaines herbeuses. Un sabot posé au bord du précipice, le cheval s'arrêta, se demandant sans doute s'il était en sécurité, puis recula. Avec une vitesse impressionnante, il sauta presque par-dessus la berge, m'éjectant de la selle.

Je m'envolai et atterris rudement sur l'épaule, et mon flanc entra en contact avec un rocher, de grande taille, vu la douleur dans mes côtes. Je roulai une fois, puis deux, avant de me retrouver sur le dos.

Je restai allongé là, à regarder le ciel bleu, sous le choc alors que je tentais de reprendre mon souffle. Mon flanc était en feu, et respirer me faisait souffrir le martyre. Le sol était étonnamment moelleux, vu la violence avec laquelle j'avais atterri. Je tournai la tête et jetai un regard au foutu rocher qui m'avait brisé les côtes.

— Maddox !

La voix de Cassie était suraiguë, et j'entendis les sabots de sa jument fouler le sol alors qu'elle se précipitait vers moi. Je vis de la poussière se soulever et le bas de sa robe apparaître, puis elle se jeta à genoux à côté de moi, rejetant ses longs cheveux par-dessus son épaule.

— Que s'est-il passé ?

Sa respiration était aussi saccadée que la mienne. Ses yeux pâles me parcoururent, ses mains au-dessus de moi, tremblantes.

Je n'avais pas assez de souffle pour lui expliquer ce qui était évident.

— Où... où as-tu mal ?
— Flancs. Côtes, soufflai-je.
— Je... je peux regarder ?

Je levai le menton et serrai les dents.

D'un geste maladroit, elle déboutonna ma chemise et l'ouvrit, puis poussa une exclamation en voyant mon torse.

— Le rocher t'a cassé les côtes. Un bleu apparaît déjà, dit-elle en se mordillant la lèvre, les yeux écarquillés. Je vois la fracture. Oh, Seigneur.

Elle leva les yeux et jeta un regard à la ronde comme si quelqu'un allait apparaître comme par magie. Elle ne possédait aucun appareil de communication, aucun moyen d'appeler à l'aide. Moi si, mais je ne voulais pas que Jace ou Flynn viennent. Il leur faudrait des heures, voire des jours pour nous rejoindre, en fonction de l'endroit où ils chassaient. Il me fallait seulement une baguette ReGen.

— Je peux te faire un bandage, mais je n'arriverai pas à t'aider à te lever, et encore moins à te hisser sur le cheval. Je peux aller chercher de l'aide au village, mais...

— Cassie, dis-je, les dents serrées.

Elle leva les yeux vers moi.

— Dans mon sac, ajoutai-je. Baguette ReGen.

— Quoi ?

— Prends la baguette ReGen dans mon sac.

Elle se redressa, mais resta accroupie à côté de moi.

— Je... je ne sais pas ce que c'est.

Je levai le menton et me tournai légèrement, avant de pousser un sifflement à cause de la douleur.

— Un objet en métal, avec une poignée noire et un bout bleu. Ça tient dans la main.

Elle hocha la tête et se dirigea vers mon cheval, qui s'était arrêté pour mâchonner une touffe d'herbe. Les rênes étaient tombées par terre, et il était parfaitement content, à présent que je n'étais plus sur son dos. J'aurais dû être en colère contre l'animal, mais tout était ma faute. Je n'avais jamais monté un animal avant de venir sur Terre, et le cheval avait perçu mon manque d'expérience.

Cassie fouilla dans mon sac et en sortit la baguette

ReGen. En plus de la nourriture qu'elle avait emportée, je n'avais que quelques vêtements humains et une couverture. J'avais du mal à rester patient, allongé là sous le soleil brûlant, à attendre qu'elle examine l'objet guérisseur.

— Cassie, grognai-je.

J'avais de plus en plus de mal à respirer, et j'avais hâte d'être libéré de cette douleur.

Elle se souvint de moi et se précipita à mes côtés en brandissant la baguette comme s'il s'agissait d'un objet inconnu, ce qui était le cas pour elle.

Je la lui pris des mains. Nos doigts s'effleurèrent. J'appuyai sur le bouton de la baguette, et l'énergie guérisseuse en illumina l'extrémité de bleu. En poussant des grognements, je passai la baguette d'avant en arrière au-dessus de la zone blessée.

— Que fais-tu ? demanda-t-elle, les sourcils froncés.
— Je me soigne.

Je sentis mes os se ressouder, et je poussai un grognement. C'était moins douloureux que de respirer avec les côtes brisées, mais ce n'était pas agréable pour autant.

— Je... je ne comprends pas, dit-elle. Tu as besoin d'un médecin. De repos.
— Non, répondis-je.

La douleur se dissipait. La baguette ReGen me guérirait en quelques minutes. Je parvenais déjà à respirer profondément.

— C'est une blessure mineure.
— Mineure ? rétorqua-t-elle. Elle mettra des semaines à guérir, et ça, c'est si tu ne t'es pas perforé un poumon. Je ne sais pas comment faire pour te trouver un abri. Nous n'avons pas assez de nourriture, d'eau, de bois pour autant de temps.
— Cassie, dis-je encore, la voix dépourvue de souffrance, cette fois. C'est une baguette guérisseuse. Il me suffit de l'agiter au-dessus de la blessure pour qu'elle me soigne.

Même en tournant la tête, je ne voyais pas bien ma blessure, mais à la manière dont Cassie écarquilla les yeux, je sus que les bleus dont elle avait parlé devaient être en train de disparaître.

— Comment... Je... je ne comprends pas.

Je remuai, et je ne ressentis aucune douleur, seulement une légère gêne. Je continuai de passer la baguette le long de mes côtes, puis de mon épaule. Elle n'était pas cassée, mais me faisait mal quand même.

— C'est un objet courant dans les foyers d'Everis, et sur la plupart des planètes de notre univers. Elle guérit les blessures mineures rapidement. Pour les blessures plus sérieuses, nous avons des capsules de submersion.

— Une capsule ? Tu aurais pu guérir M. Anderson !

Elle me regardait avec des yeux accusateurs, et ma main s'immobilisa.

— Oh, non, Cassie. Nous avons une capsule ReGen sur notre vaisseau. Elle peut guérir la plupart des blessures, mais elle n'est pas portable. La baguette si, mais elle n'aurait pas pu guérir les blessures que Nero a infligées à ton beau-père. Et il était déjà mort. Notre technologie guérit, mais ne ressuscite pas.

Les épaules tombantes, Cassie observa ma blessure.

— Tu te sens mieux ? me demanda-t-elle d'un air dubitatif.

— Oui. Une chute de cheval, c'est facile à soigner. Enfin, nous n'avons pas de chevaux sur Everis, mais il faut une première à tout.

Elle s'assit pour m'écouter, les yeux écarquillés et pleins de curiosité.

— Elle est tellement petite. Comment peut-elle soigner ainsi ? Et si ton peuple est venu sur Terre, pourquoi n'en ont-ils pas apporté avec eux ?

— Je ne sais pas ce qui est arrivé aux colons, même s'ils

ont forcément survécu, puisque tu es leur descendante. Pour le moment, la Terre est considérée comme une civilisation primitive. Ton peuple ignore qu'il y a des choses au-delà du ciel où volent leurs oiseaux. Vous n'avez pas de vaisseaux spatiaux, ni même d'avions. Votre technologie a beaucoup de retard sur la nôtre, des milliers d'années de retard. Personne n'y comprendrait rien.

Elle rit, un rire de surprise plus que d'amusement.

— Moi, je n'y comprends rien, en tout cas. Je n'ai presque rien compris à ce que tu viens de me dire.

Elle croisa mon regard, et pour la première fois, je ne vis ni hostilité ni doute dans ses yeux, seulement de l'émerveillement.

— Tu dois me trouver stupide, dit-elle.

Je me hissai sur un coude, puis sur une main pour me mettre à sa hauteur.

— Pas du tout. Tu es courageuse, résistante, loyale. Gentille.

Elle regarda mon torse. C'était la première fois qu'elle voyait mon corps hors de nos rêves partagés.

— Tu es complètement guéri, alors ?

Je m'assis, puis me mis à genoux. Je sortis le dos de ma chemise de mon pantalon, et passai la main sur la zone qui avait été blessée. Je n'avais pas de bleus, pas de marques sur la peau, pas de muscles froissés ou de côtes brisées.

— Tu veux essayer ? lui dis-je en lui tendant la baguette.

Elle me la prit des mains comme si elle était fragile.

— Comment ?

— Passe-la sur une blessure.

Elle la brandit devant mon front, et je fronçai les sourcils.

— Tu as une petite entaille, dit-elle.

Je n'avais rien senti, mais à présent que mes côtes étaient

guéries, je sentais effectivement quelque chose me couler sur le front.

Je la regardai agiter la baguette de gauche à droite devant mon visage, tout en la suivant des yeux. Sa peau était très pâle, et pourtant, ses joues étaient rougies par la chaleur et l'inquiétude. Elle ressemblait beaucoup aux femmes everiennes, mais avec des traits plus doux, ses yeux arrondis par la curiosité. Elle se pencha tout près de moi, plus près qu'elle ne l'avait jamais été de son plein gré, et je tentai de ne pas prêter attention à la manière dont ses seins se soulevèrent lorsqu'elle leva les mains vers mon front, ni à la façon dont l'odeur de peau humide de son cou s'approchait à quelques centimètres de mes lèvres. J'avais faim d'elle, envie de la goûter à nouveau. J'avais envie de laisser tomber la baguette par terre et de la laisser me passer les doigts dans les cheveux pendant que je la serrais contre moi et que je l'explorerais avec mes lèvres.

— Incroyable, murmura-t-elle.

Je savais que ma blessure était complètement guérie, et je touchai la zone où s'était trouvée l'entaille du bout des doigts pour ne pas les diriger vers les seins de Cassie.

— Merci, Cassie.

Je croisai son regard, et je la pris par les poignets, coinçant ses mains entre nous, une barrière nécessaire. Je ne pouvais pas encore la prendre, pas ici, pas alors que Nero rôdait toujours. Mais torture divine, j'avais envie de la prendre dans ma bouche, de soulever ses jupons et d'enfoncer mon sexe dans sa chaleur mouillée.

Je choisis plutôt de lui parler :

— Je sais que tout ce que je t'ai dit, ça fait beaucoup de choses à comprendre et à accepter. Je te dis la vérité, Cassie.

Elle posa la baguette sur ses genoux et baissa la tête pour la regarder.

— Je n'avais encore jamais vu un objet avec de la

lumière à l'intérieur. Sauf les lampes, mais il s'agit d'une flamme. Cette lumière bleue est froide. Inexplicable. Cette *baguette* est inexplicable. Tu étais blessé. Je l'ai vu. J'ai vu ta douleur. Ton sang.

J'attendis qu'elle poursuive.

— Je... Je te crois, Maddox. C'est un acte de foi, pour moi, et cela va prendre du temps, mais je te *crois*.

Je n'avais pas réalisé à quel point j'avais voulu entendre ces mots, mais mon soulagement était palpable. J'avais l'impression que mon âme avait été guérie en même temps que mes côtes.

— Tu m'as parlé d'un vaisseau spatial qui te ramènerait sur Everis, tu m'as dit que tu m'emmènerais avec toi.

Je la pris par la main et touchai sa marque. Je sentis notre lien me submerger.

— Je ne te quitterai pas, dis-je pour la énième fois, mais ce n'était pas près de changer.

— Ce n'est pas ce que je te demande, et je n'ai pas non plus envie de reprendre ce débat. Je suis désavantagée. Je ne sais rien de ta planète, ou d'aucune autre planète, d'ailleurs. Je ne sais rien de ces baguettes guérisseuses et de ces vaisseaux volants. La seule chose que je connais, dont je me souvienne, c'est Selby.

La culpabilité s'empara de moi, et je levai la main pour la poser sur sa joue. J'avais besoin de la toucher. Elle avait raison, et j'avais du mal à me souvenir que bien qu'elle vive sur Terre, son monde ne faisait que quelques kilomètres carrés.

— Je sais, Cassie. Pour moi aussi, c'était une surprise. Mais je n'ai aucun regret. Tu es magnifique, compagne, et tu es à moi. Je ne renoncerai pas à toi. Tu ne peux pas nier notre lien. Je sais que tu le sens, toi aussi.

— Je ne te nie pas *toi*, Maddox. Ni nous, dit-elle en me pressant la main et en me caressant le visage. Mais tu dois me donner le temps. Il y a quelques jours, je ne savais même pas que tu existais. Je ne savais pas que ma tache de naissance sortait de l'ordinaire. Je ne savais rien des compagnons. Je ne connaissais pas le mal à l'état pur.

Elle frémit, et le souvenir de Nero me poussa à la serrer dans mes bras, sa joue collée à la mienne. Je sentais ses seins contre ma poitrine, ses cheveux soyeux contre mon menton.

Ses lèvres m'effleurèrent le lobe de l'oreille, et elle me murmura une confession :

— Mais j'ai peur. Peur de Nero, peur de partir avec toi, et...

— Et ?

Elle avait eu un trémolo en prononçant le dernier mot, et tous mes instincts s'étaient réveillés. Le reste de sa phrase était d'une importance capitale, je le sentais.

Elle garda le silence, mais son cœur battait la chamade. Je sentais son pouls frénétique sous ma peau, que j'avais posée contre sa nuque.

Je passai la main dans ses cheveux et lui renversai la tête en arrière pour qu'elle me regarde.

— Et quoi, Cassie ? De quoi as-tu peur ?

— De moi.

Sa réponse me surprit, et avant que je puisse réfléchir à la myriade de significations qu'elle pouvait accorder à ces mots, nos regards se croisèrent, et elle pressa ses lèvres contre les miennes, m'embrassant avec un abandon téméraire.

Mon sexe durcit instantanément, et je la serrai contre moi durant de longues minutes alors que je prenais ce qu'elle me donnait, que je me délectais de sa saveur, des petits sons de gorge qu'elle émit quand je pris ses fesses rondes dans mes mains.

J'avais beau vouloir accepter ce qu'elle m'offrait, je me

retirai et posai mon front contre le sien afin de partager son oxygène, sa chaleur durant encore quelques secondes.

— J'ai envie de toi, Cassie, mais je ne peux pas te faire mienne tant que nous n'aurons pas atteint mon vaisseau. C'est trop dangereux, ici.

9

assie

— Je suis désolée. Je n'aurais pas dû...

Je me détournai, soudain mortifiée par mon manque de bon sens. Peut-être était-ce la terreur de perdre Maddox qui m'avait conduite à l'embrasser. Pour ma défense, j'avais passé une très mauvaise journée. J'avais commencé par trouver M. Anderson et l'autre pensionnaire morts, la gorge tranchée, puis Maddox avait été éjecté de son cheval. Il y avait des gens qui *mouraient* pour moins que ça.

— Non, Cassie. Ne t'excuse jamais de te tourner vers moi. Et j'espère que tu en feras bien plus.

Il avait la main autour de ma nuque, et je me blottis contre lui, incapable de résister à l'attrait de son odeur, à la sensation de ses lèvres au sommet de ma tête. Je ne voulais pas penser au sang et à la mort, ni au fait que Nero nous pourchassait. Je voulais juste fermer les yeux et plonger dans un autre rêve avec mon Maddox.

Mon Maddox. Je savais que cette pensée était à la fois irréaliste et inappropriée, mais je n'arrivais pas à revenir dessus, pas même dans mon esprit. Je ne le connaissais pas bien, mais je savais que s'il touchait une autre femme, mon cœur se briserait en mille morceaux.

Maddox m'aida à me lever et me conduisit jusqu'à mon cheval.

— Nous devons nous remettre en route.

— Je sais.

Je lui tendis la baguette ReGen et le regardai alors qu'il se dirigeait vers son propre cheval et rangeait l'étrange objet dans sa sacoche. Une fois en selle tous les deux, je conduisis mon cheval loin du ravin vers un meilleur itinéraire. Ma jument préférée, Cali, remonta la pente escarpée d'un pas sûr.

Les montagnes s'étendaient devant moi à perte de vue alors que Maddox me rejoignait avec son cheval. Je tentai de ne pas penser à ce que j'avais perdu aujourd'hui. J'avais connu M. Anderson presque toute ma vie. Il m'avait généreusement accueillie et m'avait élevée comme si j'étais sa fille, ou presque. J'avais épousé son fils, et j'étais officiellement entrée dans la famille. Ils étaient tous morts, désormais. M. et Mme Anderson, et Charles. Je n'avais plus de famille. Personne à moi, personne à qui manquer. Je me sentais seule au monde. Et voir mon père adoptif mort, assassiné si cruellement, me hanterait pour toujours.

Mais l'idée que Maddox puisse mourir était terrible. Pire que cela, même. Imaginer qu'il puisse lui arriver quelque chose me brisait le cœur. Avec Charles, j'avais toujours entretenu un rapport plus fraternel qu'amoureux. Quand il me touchait, je ne ressentais presque rien, mais Maddox, que je ne connaissais que depuis deux jours — deux jours — ! me faisait ressentir des choses intenses, profondes. Je ne savais même pas qu'une telle émotion était possible. C'était tellement déroutant !

J'avais voulu qu'il s'abstienne de me toucher, le temps

que je me fasse à l'idée qu'il puisse venir d'ailleurs... d'une autre planète. Comment pourrais-je me donner à un homme qui était peut-être fou, ou encore pire, qui venait de l'espace ?

Il avait parlé d'Everis et de vaisseaux spatiaux comme s'ils étaient réels, et j'avais douté de lui. Comment aurais-je pu le croire ? Cela ressemblait à une pure invention. Mais ensuite, il m'avait montré l'appareil guérisseur, une baguette ReGen, et le doute m'avait quittée. Mais une autre planète ? C'était difficile à imaginer. J'avais déjà du mal à me représenter des grandes villes comme Denver ou Omaha, alors un vaisseau volant !

Un vaisseau volant ! J'avais du mal à imaginer une machine capable de voler dans les airs. Les oiseaux, c'était une chose. Mais l'idée qu'un vaisseau puisse voyager au-delà du soleil et de la lune, dans l'espace, me dépassait. Des gens vivaient là-bas, dans l'espace, très, très loin. Et Maddox voulait que je les rejoigne.

Tout ce que je savais, c'était que je voulais être avec Maddox. Je voulais qu'il me prenne dans ses bras, qu'il m'embrasse, qu'il m'aime, et j'étais trop faible pour refuser son contact. Je lui avais dit de ne pas me toucher, puis je l'avais embrassé. Et ce n'était pas n'importe quel baiser. J'avais eu l'impression de me noyer en lui, avais été prête à n'importe quoi pour sentir son étreinte chaude et rassurante. Car même quand il me faisait brûler de désir, je me sentais protégée dans ses bras. Je n'étais pas habituée à cette dualité. Maddox était irrésistible.

Et humble, aussi. Il m'avait écouté quand je lui avais montré comment faire aller un cheval au trot. Nous avions commencé lentement, puis, quand il s'était senti à l'aise, nous avions fait accélérer nos animaux. À la manière dont il observait notre environnement, je savais qu'il était impatient d'arriver sur son vaisseau, parce qu'il craignait Nero.

Nous ne pouvions pas nous permettre d'être de nouveau retenus par un autre incident. Mais de temps à autre, je sentais son regard brûlant sur moi, et je savais que ce n'était pas la seule raison.

Moi aussi, j'avais hâte que ce trajet se termine. Ces longues heures assise sur ma selle m'avaient fait mal aux jambes et aux fesses, et j'étais couverte de sueur. J'avais chaud, je me sentais mal, et j'étais déterminée à ne pas me plaindre. Je voulais que ce voyage se termine, que notre destination soit un hôtel ou un vaisseau spatial ; à ce stade, je m'en fichais, du moment que je pouvais prendre un bain et dormir dans un lit moelleux.

Nous dûmes nous arrêter pour laisser nos chevaux se reposer, et nous trouvâmes un petit ruisseau, où nous laissâmes les animaux boire et paître. Nous nous abstînmes de nous toucher par un accord tacite, et Maddox resta vigilant, surveillant l'horizon tout au long de son parcours, même lorsqu'il m'interrogeait sur les créatures et les arbres que nous croisions. Nous atteignîmes les montagnes bien avant la tombée de la nuit, et je suivis Maddox alors que nous nous frayions un chemin à travers un canyon.

Nous dépassâmes une série de pins robustes, et je suivis Maddox au détour d'un virage en épingle à cheveux menant à un canyon isolé. Là, devant nous, se tenait la chose la plus étonnante que j'aie jamais vue.

Son vaisseau. J'avais vu beaucoup de véhicules, car le train passait au village tous les deux ou trois jours. Mais cet appareil ne ressemblait en rien à une locomotive, ni même à la machine à imprimer du journal, avec ses engrenages ronds et ses presses en fer. Non, il était lisse comme de l'argent poli, mais plus foncé ; ses parois extérieures me rappelaient le gris foncé de l'argent terni. Il faisait presque la taille de la pension, avec quatre sections et presque pas de fenêtres. Sa surface semblait être séparée en blocs étranges avec de petits ronds noirs et d'autres projectiles ; les orbes noirs me rappelaient les yeux d'une araignée, pointés dans toutes les directions. Il était aussi gros que quatre locomotives placées pour former un « T » géant avec un conduit étroit, comme un cou de poulet. Au sommet de l'appareil, à travers les fenêtres, je voyais une petite pièce avec plusieurs sièges et des boutons.

Des sièges. Pour que des gens s'y assoient et pilotent le vaisseau, cet étrange oiseau de métal.

Mon cœur s'emballa alors que je descendais de cheval. Avant que mes pieds ne puissent toucher le sol, Maddox apparut pour m'aider, moi et mes jambes douloureuses et tremblantes. Là, devant moi, se trouvait la preuve de ce qu'avait dit Maddox : un vaisseau volant !

— Bienvenue sur l'*Aurore*, Cassie.

— Tu as donné un nom à ton vaisseau ?

— Et bien, c'est le vaisseau de Thorn, mais oui, tous les vaisseaux ont un nom.

Il me passa les mains autour de la taille pour me maintenir alors que j'avançais. Je tendis les mains pour toucher le vaisseau, mais je me ravisai.

— Thorn ?

— C'est le commandant de cette mission. Quand Nero s'est échappé de prison, il n'était pas seul, et les Sept — ce sont nos dirigeants — nous ont envoyés pour les capturer.

— Alors, combien d'Everisiens se trouvent ici ? Sur Terre, en ce moment ?

— C'est Everiens. Et j'ignore combien d'hommes se trouvaient avec Nero quand il est arrivé, mais il y a quatre Chasseurs à terre, moi compris. Thorn est notre commandant, et suit les règles à la lettre. Jace et Flynn sont des Chasseurs seulement intéressés par l'argent et l'aventure. Ce sont des frères, venus des régions périphériques.

— Et toi ?

— Moi ? Quoi, moi ?

— Pourquoi as-tu choisi de faire cela ? Pourquoi es-tu Chasseur ? Tu le fais pour l'argent. Ou pour l'aventure ?

Je le regardais dans les yeux pour voir s'il me mentait, ou s'il devenait gêné en me répondant.

— Ma famille est l'une des plus riches d'Everis. Je n'ai pas besoin d'argent. Je le fais parce qu'il faut bien que quelqu'un s'en occupe, que quelqu'un fasse barrage au mal. Je le fais parce que je crois en la justice. La vengeance.

— Alors tu es un justicier.

— Oui, je suppose.

Il me regardait, guettant ma réaction à ses mots. Je sondai mon âme durant un instant, et découvris que j'étais d'accord avec lui. La justice véritable était plus importante que des lois strictes inscrites dans de vieux livres jaunis. Alors je haussai les épaules pour lui montrer que je comprenais et me tournai pour faire face au vaisseau. Je levai une main pour le toucher, et m'arrêtai à mi-chemin.

— Je peux ?

— Bien sûr.

Sans prêter attention au tremblement dans mes doigts, je levai le bras et posai ma paume sur la surface lisse. Elle était dure et froide, comme la pierre à aiguiser que je rangeais dans un tiroir de la cuisine. Le vaisseau reposait sur huit drôles de jambes, qui s'évasaient comme des pattes d'oie. Je me promenai autour, et vis que trois gros tuyaux sortaient de l'arrière de l'appareil. Ils sentaient le brûlé, comme des cendres qui auraient passé trois jours dans la cheminée.

— C'est le moteur ?

— Oui, mais pas comme ceux que tu connais. Nous nous servons d'aimants gravitationnels à matière noire pour propulser le vaisseau. Quand nous volons, nous sommes soit attirés, soit expulsés par un puits de gravité spatial ou par une planète.

— Quoi ?

Soudain prise de vertige, je fis un pas en arrière et secouai la tête. Cela faisait trop d'informations pour une seule journée. Beaucoup trop. J'ignorais de quoi il parlait, et je me sentais minuscule, stupide et complètement dépassée. Submergée.

Je me tenais devant un vaisseau spatial ! Maddox était un homme venu de l'espace. C'était trop.

— Je ne peux pas. Il faut que j'y aille.

Je titubai en direction de ma jument, les joues baignées de larmes. Je les avais contenues toute la journée, m'étais efforcée de chasser l'odeur et la vue du sang de mon esprit alors que nous chevauchions à toute vitesse jusqu'ici. Jusqu'à cette *chose* qui, selon Maddox, me garderait en sécurité. L'appareil ne semblait pas sûr ; l'on aurait dit une cage, une boîte d'acier géante dans laquelle je serais piégée à jamais.

Il me laissa rejoindre ma jument, mais elle eut même un mouvement de recul face à mon agitation. Je ne pouvais pas lui en vouloir. J'étais dans un état déplorable.

Maddox m'enlaça par-derrière, et je le repoussai. Je ne voulais pas qu'il me serre dans ses bras, je voulais rentrer chez moi. Retrouver une vie que je comprenais.

— Cassie, arrête.

— Non. Lâche-moi.

Ma voix était inégale, chargée de peur et de frustration. De confusion.

— Je ne peux pas. Nero court toujours, Cassie. Je t'en prie. Écoute-moi. Nous allons monter à bord. Je te ferai couler un bain et je te préparerai le dîner. S'il te plaît.

— Nero n'a qu'à aller au diable. J'ai un fusil, et je sais m'en servir.

L'arme sortait de ma sacoche, mais comparée au vaisseau qui se trouvait devant moi, elle semblait basique et inutile.

— Tu n'aurais aucune chance face à lui, Cassie. Je t'en prie. Fais-moi confiance.

Oh, sa voix était si calme et rassurante, une tentation pure pour mon esprit las. Mais je n'avais pas envie de monter sur ce vaisseau ridicule. Je ne voulais pas l'approcher.

— Je suis une excellente tireuse.

C'était la vérité. Après la mort de Charles, je m'étais entraînée pendant des heures ; j'avais eu besoin de me sentir puissante, forte. Les coups de feu retentissant m'avaient donné cette impression. J'avais dépensé tout mon argent en munitions pendant plus d'un mois. J'étais capable de tuer une guêpe située à cent mètres. J'étais sacrément douée.

— Tu ne le verrais même pas venir, Cassie.

Je me retournai comme une furie, rendue audacieuse par la colère. Je me laissai porter par l'émotion. Je préférais la colère à la peur.

— Ce n'est qu'un homme, Maddox. Un homme malade, un assassin qui mérite de mourir.

Je levai le menton et dévisageai l'homme qui m'avait emmenée ici, dans cet endroit insensé.

Oui, je lui tirerais dessus. Pourquoi avais-je été incapable de réfléchir clairement, plus tôt ? Je n'étais pas impuissante. Et j'étais lasse d'être sous le choc et terrifiée, de fuir et de me cacher comme un lapin apeuré. Voir le cadavre de M. Anderson m'avait perturbée, en effet, mais c'était terminé. Je m'avançai et plantai le doigt dans le torse de Maddox.

— Je le tuerai pour ce qu'il a fait. Mais je ne monterai pas sur ce vaisseau.

Maddox avait les yeux braqués sur moi. Je m'attendais à

lire de la colère ou de l'agacement dans ses yeux. Au lieu de cela, il secoua la tête, et un demi-sourire se forma sur son visage.

— Tu es formidable, Cassie.

— Quoi ? Es-tu devenu fou ?

Je menaçais de tuer un homme, et il restait devant moi, à sourire comme un idiot.

— Oui. Fou de toi.

Il me souleva dans ses bras, et je n'eus aucun espoir de résister alors qu'il me conduisait vers le vaisseau. Alors que nous approchions, les contours d'une porte apparurent, puis une petite section de vaisseau descendit jusqu'au sol. La rampe comportait trois grosses marches, et je donnai des coups de poing dans la poitrine de Maddox alors qu'il me portait vers l'ouverture.

— Repose-moi !

— J'ai fait le serment de te protéger, Cassie, et c'est ce que je compte faire.

Je ruai et me débattis, sans succès, et en quelques instants, nous nous retrouvâmes à l'intérieur du vaisseau. La porte se referma immédiatement derrière nous. Je regardai alentour, m'attendant à voir des murs gris, comme les parois extérieures. Au lieu de cela, ils avaient une couleur caramel. Ils étaient lisses, avec des lumières intégrées pour illuminer le couloir. Le sol était marron, avec de drôles de motifs quadrillés en relief qui devaient servir à éviter que les gens glissent et tombent. Le couloir se divisait en deux, mais je n'y voyais rien d'important. Encore des couloirs. Quelques portes. Les lieux n'étaient pas très différents de l'intérieur d'une maison, et le soulagement me submergea. Je m'étais imaginé des tunnels obscurs et des cages terrifiantes, pas des couloirs bien éclairés.

— Tu as terminé ? me dit Maddox.

Il me regardait avec une lueur intense dans les yeux,

complètement concentré sur moi pour la première fois de la journée. Un frisson me parcourut la colonne vertébrale lorsque je vis son regard plein de désir. Je hochai la tête.

— C'est un peu triste. Vous pourriez ajouter du papier peint.

Maddox éclata de rire et se pencha pour m'embrasser.

— Que dirais-tu de prendre un bain ?

10

*M*addox

Je portai ma compagne à travers le vaisseau avec un enthousiasme que je n'avais pas ressenti depuis des années. Avec du soulagement, également. La Terre était un endroit peu avancé, et peu de choses pouvaient me faire du mal sauf un cheval nerveux —, mais je m'étais senti mal à l'aise dans cet environnement étrange. Là, sur le vaisseau, j'étais rassuré. Surtout maintenant que Cassie était avec moi. Elle était en sécurité, enfin. Je pouvais la revendiquer, enfin.

Le vaisseau était divisé en quatre sections. Les deux niveaux extérieurs situés en bas et en haut étaient pleins de détecteurs, d'armes et de boucliers censés protéger les passagers des radiations et des éruptions dans l'espace. Les deux sections intérieures comprenaient les cabines, le cockpit et le centre d'opérations. Le nez de l'appareil était réservé au capitaine et à son équipe. Comme le vaisseau était conçu pour accueillir vingt personnes, nous nous étions partagés le vaisseau, Thorn s'emparant du nez, Jace et

Flynn des suites situées à l'avant, et moi à l'arrière, près des moteurs, car leur ronron régulier m'aidait à dormir la nuit.

Je me dirigeai vers le nez de l'appareil. Il fallait que je dise à Thorn et aux autres que nous étions arrivés.

J'installai Cassie dans le siège de copilote et m'assis à la place du pilote. Je me penchai en avant et je vis Cassie regarder par les hublots du cockpit, en direction de nos chevaux, qui paissaient dehors. Elle fronça les sourcils.

— Nous avons oublié les chevaux. Ils sont toujours sellés. Est-ce qu'il y a de l'eau dans les environs ?

— Oui. J'irai m'occuper d'eux dans quelques minutes.

Je tapai mon code et ouvris un canal de communication avec les trois autres membres de mon groupe, puis j'attendis qu'ils répondent, ce qui ne prit que quelques secondes.

— Thorn.

— Flynn au rapport. Jace est occupé, là.

Je me demandais bien ce que pouvaient fabriquer les deux frères venus des régions périphériques. Il y avait des chances pour que cela implique des combats et du sexe.

— C'est Maddox. Je suis de retour sur l'*Aurore*.

Flynn poussa un juron.

— Quel est le problème ?

— J'avais parié à Jace que tu serais le premier à tuer ta cible, Thorn. Maintenant, tu me dois une caisse de vin de Nerellia.

Thorn poussa un sifflement, puis éclata de rire.

— Ça me coûterait aussi cher que mon vaisseau, imbécile.

Flynn pouffa.

— Ouais, et bien visiblement, j'ai mal fait de placer ma confiance en vous, Commandant.

Cassie se pencha en avant pour écouter notre conversation, complètement perdue. Je n'avais pas réalisé que mes compagnons parlaient dans notre langue maternelle. Cassie n'avait pas compris le moindre mot.

— Il faut que nous parlions anglais, pour que Cassie comprenne.

— Très bien, dit Thorn en passant immédiatement à l'anglais. Salutations à vous, Cassie. Je suis le commandant Thorn.

— Bonjour. Enchantée.

Cassie était penchée en avant comme si elle parlait au tableau de bord. Je cachai mon sourire, car les récepteurs audio se trouvaient en réalité au-dessus de sa tête, sur le plafond du cockpit.

— Et bien, vous avez une très belle voix, Cassie. Je suis Flynn. Je vous transmets les salutations de mon frère, Jace. Il est occupé, là, et n'a pas pu répondre à l'appel.

— Euh, bonjour.

Cassie était toute rouge à cause du compliment de Flynn.

— Alors, vous avez regagné le vaisseau sans soucis, dit Thorn. Vous savez où se trouve Nero ?

— Non. Il faut que je passe la soirée ici, avec ma compagne...

Flynn siffla, et Thorn lui ordonna de se taire. Cassie était encore plus rouge qu'avant lorsque je poursuivis :

— Je laisserai Cassie en sécurité à bord de l'*Aurore* et je reprendrai la chasse demain. Et vous, comment se passe votre traque ?

Flynn rit.

— Il nous a filé entre les doigts à deux reprises. Jace a été frappé par l'une de ces balles en métal. Il est à plat ventre sous une table de billard, là. Le médecin du village est en train de lui retirer un plomb du cul.

Cassie poussa une exclamation, mais je haussai les sourcils, secouai la tête et lui souris pour qu'elle comprenne que la blessure de Jace n'était pas grave. Une fois l'objet en métal extrait de sa chair, la baguette ReGen le soignerait complètement en quelques minutes seulement.

— Et vous, Thorn ?

Mon commandant soupira, visiblement frustré.

— Je l'ai flairé deux fois, mais il a disparu avant que je ne m'approche. On dirait qu'il savait que j'arrivais. Soit ça, soit c'est un fantôme.

Cassie poussa une exclamation. À présent qu'elle comprenait nos mots, elle écoutait notre échange avec attention, et elle répondit :

— Il avait peut-être l'une de ces capes. Comme Nero.

— Que veut-elle dire ? demanda Thorn.

Je me passai les doigts dans les cheveux avant de prendre la main de Cassie dans la mienne. Les choses prenaient trop de temps, et j'avais besoin de la toucher.

— Nero a surpris Cassie, très tôt ce matin. Je n'arrivais pas à le voir, et aucun de mes détecteurs n'a rien repéré. Je pense qu'il avait acquis une cape. Et s'il en a une...

— Les autres en ont sans doute, eux aussi, conclut Flynn.

— Maintenant, nous savons à qui nous avons affaire, dit Thorn.

Je me détendis légèrement, persuadé que les autres chasseurs de prime avaient achevé de convaincre Cassie que j'étais digne de confiance. Nous étions dans le camp des gentils.

Je me tournai vers elle, m'attendant à la voir sourire, mais elle reprit sa main, et dit :

— Tu comptes me laisser ici ?

Ses yeux étaient écarquillés alors qu'elle examinait le cockpit, incertaine et sur ses gardes. De l'autre côté de la vitre se trouvait *son* monde. Dans le vaisseau, elle aurait aussi bien pu se trouver en plein milieu de l'espace, tant tout était nouveau et inconnu. Étrange, inédit. Menaçant.

— Toute seule ? Sur ce vaisseau ? ajouta-t-elle en tournant la tête dans tous les sens.

Je sentais sa panique, je la lisais dans ses yeux, dans ses muscles crispés, mais je n'avais pas d'autre choix. À l'extérieur du vaisseau, Nero pourrait lui faire du mal. Les autres criminels qui s'étaient échappés de prison pourraient la trouver. Ils étaient tous mauvais. Ils étaient tous cruels, et je ne pouvais pas laisser ce qui était arrivé à son beau-père lui arriver à elle aussi.

— Oui. Là où je te saurai en sécurité. Je resterai en contact avec toi.

— Puis-je... visiter le vaisseau ? Je ne sais pas où se trouvent toutes les choses. Je ne sais pas comment elles marchent.

Je hochai la tête et lui adressai un sourire rassurant.

— Bien sûr. Je vais tout te montrer, Cassie. Tu peux me croire.

J'avais envie de la préserver, ce n'était pas de cela qu'elle avait besoin. Lui permettre d'explorer le vaisseau à son rythme, de se faire à sa nouvelle vie, faciliterait peut-être les choses. Elle sortit du cockpit et prit le couloir qui menait au centre du vaisseau. Je la laissai faire.

Quand le silence se fut trop éternisé, je retournai parler aux hommes qui se trouvaient toujours quelque part dehors.

— Il faut que je fasse quitter cette fichue planète à ma compagne, dis-je en regardant les montagnes escarpées.

Flynn poussa un grognement.

— Alors, pour confirmer, tu n'as pas collecté la tête de Nero ?

— Non.

Et je le regrettais. Si c'était fait, j'aurais pu profiter de ma compagne, me délecter de notre lien tout nouveau sans que ce connard ne se mette en travers de notre chemin.

— Alors je peux encore gagner mon pari.

Je ris, alors, reconnaissant pour ce moment de répit loin de la menace de Nero.

— Bon sang, Flynn. Vous ne pensez donc qu'à gagner ? aboya Thorn.

J'entendis le sourire de Flynn alors qu'il répondait :

— Non. La baise et la traque, c'est ce qu'on préfère, Thorn. Mais battre mon frère arrive juste derrière.

Je souris et m'étirai la nuque pour me détendre. Jace et Flynn étaient étrangement similaires, et j'avais entendu dire qu'ils partageaient tout, même leurs femmes. Ils étaient tout l'opposé de Thorn, qui était un véritable prédateur, un chasseur solitaire qui n'avait pas la moindre patience pour leurs bêtises.

Je poussai un soupir.

— Ma compagne est en sécurité, pour l'instant.

— Vous l'avez déjà revendiquée ? me demanda Thorn.

— Non.

Ça allait changer. Bientôt.

Flynn semblait incrédule :

— Tu as vraiment trouvé une compagne ici ? Thorn nous l'a dit, mais je croyais que c'était une blague.

— Tu l'as entendue parler, lui rappelai-je.

— Statistiquement, c'est presque impossible, insista Flynn. Comment est-ce que tu as pu trouver une compagne marquée ici ?

Thorn répondit à ma place :

— Nos ancêtres ont colonisé de nombreuses planètes. La Terre devait être l'une d'entre elles.

— Ma mission était de retrouver Nero. À présent, il faut que je le tue, pour pouvoir être avec Cassie. C'est la seule chose qui se tient en travers de mon chemin.

— On peut l'attraper pour toi, proposa Flynn.

— Il a tué ma sœur. Il a assassiné le père de Cassie, sa seule famille. Il lui a tranché la gorge et l'a laissé se vider de son sang pour qu'elle trouve le corps.

J'entendis Thorn pousser un juron.

— Je les vengerai tous les deux moi-même, dis-je.

Il fallait que je débarrasse l'univers de Nero pour ce qu'il avait fait à Maddie et au beau-père de Cassie. Pour tous les innocents qu'il avait tués.

— Prévenez-nous si vous avez besoin d'aide, m'ordonna Thorn.

— Absolument.

Flynn n'en avait pas fini avec moi.

— Et ta marque, Maddox ?

Je souris, conscient qu'ils entendraient mon plaisir dans ma voix.

— Elle est comme en feu.

— Alors tu n'as pas besoin qu'on t'aide pour la revendication ?

Je vis rouge, exactement ce qu'avait voulu Flynn, même si j'entendais son rire par le haut-parleur.

— Laissez-le tranquille, dit Thorn. Votre compagne pourrait très bien se trouver sur Terre, et dans ce cas, vous seriez tout aussi possessif.

Flynn rit encore, cette fois plein de doutes.

— Statistiquement...

— Ouais, peu importe, grommela Thorn. Statistiquement, vous devriez être plus malin que ça.

Ils continuèrent de parler de leurs missions et de l'état de santé de Jace, que Flynn trouvait hilarant alors que Thorn jugeait qu'ils s'étaient montrés imprudents. Flynn répondit :

— Vous savez bien qu'on aime jouer avec notre proie, Commandant. Les tuer trop vite, c'est pas drôle.

Incapable de supporter plus longtemps de ne pas savoir où se trouvait Cassie, je leur souhaitai une bonne chasse et sortis prendre soin des chevaux, les débarrassant rapidement de leurs selles et les attachant non loin de l'herbe et de l'eau. Impatient d'enfin revendiquer ma compagne, j'emportai les sacoches et le fusil de Cassie à l'intérieur, fermai hermétiquement la porte derrière moi et me lançai à sa recherche.

Je la trouvai en train d'errer sur le vaisseau, la main tendue, les doigts caressant les murs, les boutons et les lumières.

— Tout est nouveau pour toi, même les lumières.

Elle leva les yeux vers le plafond, vers le rayon rougeoyant qui longeait le couloir, éclairant le petit espace.

— Comment s'appellent ces lampes étranges ? Des lumières ?

— Oui. Elles fonctionnent grâce au pouvoir électromagnétique, qui n'a pas encore été inventé sur Terre. Il te suffit d'appuyer sur un bouton pour l'allumer et l'éteindre.

Elle ferma les yeux et sourit.

— Un bouton, c'est ça, dit-elle.

Elle baissa les yeux sur sa robe, tirant sur l'un de ses boutons. Un bouton terrien, conçu pour fermer les vêtements. Elle me croyait, à présent, complètement, mais elle n'était pas ravie de tout cela.

— Tu as faim ? demandai-je dans l'espoir de trouver un terrain d'entente.

Nous avions beau venir de deux planètes différentes, nous avions tous les deux besoin de manger.

Elle hocha la tête et je la conduisis à la cuisine, où je préparai un plat de nouilles et du thé everien, que j'espérais qu'elle aimerait. Elle mangea sans se plaindre, sans vigueur, même. Je n'aimais pas la voir comme ça, et ma poitrine se serra alors que je la regardais. La journée avait été dure. Une journée macabre. Elle avait rencontré l'homme qui avait tué la seule famille qui lui restait, puis elle avait quitté tout ce qu'elle connaissait pour partir avec moi, un homme qui prétendait être son compagnon, un chasseur de prime extraterrestre venu d'une autre planète. Elle ne m'avait d'abord pas cru, mais ensuite, elle avait vu ma blessure guérir grâce à une baguette ReGen. Et enfin, elle avait découvert un vaisseau spatial, si avancé technologiquement par rapport aux moyens de transport terriens que je ne pouvais même pas imaginer à quel point elle devait être perturbée.

Je réalisais qu'à sa place, j'aurais été tout aussi troublé et perdu. Son courage, son intelligence et sa capacité d'adaptation étaient vraiment incroyables. Elle était forte, très forte, et je me rendis compte que j'admirais non seulement son corps magnifique, mais aussi la force de son cœur et de son esprit.

Quand elle eut fini, je débarrassai la vaisselle sale et la soulevai dans mes bras. Elle ne protesta pas, et je sus qu'elle avait atteint ses limites pour la journée. Je la conduisis aisément dans mes quartiers, nos quartiers, me délectant de son parfum de roses.

La pièce était grande pour un vaisseau de cette taille, une cabine d'officier, avec un lit à peine assez grand pour nous contenir tous les deux, mais l'idée d'être collé à elle pendant mon sommeil me plaisait. Les draps vert pâle étaient doux, et le lit en lui-même comportait une fonctionnalité de refroidissement et de chauffage automatique pour conserver une température optimale.

La cabine était peu meublée, avec un bureau, une chaise, et pas grand-chose d'autre. C'était un vaisseau fait pour voyager, pour chasser, pas pour y résider, et j'avais emporté peu de choses avec moi. Les placards muraux étaient vides, pour la plupart. Tout ce que j'avais voulu apporter, c'était mes vêtements de chasse et mes armes, que je devais laisser à bord du vaisseau pour pouvoir me fondre avec les hommes de cette planète.

Je me demandais ce que Cassie penserait de moi si elle me voyait en tenue de chasse intégrale. Mon corps bardé de lames, la surface changeante de mon uniforme qui se fondait dans son environnement pour me rendre presque invisible. Cela s'appelait une Cape de Chasseur, et seuls ceux qui avaient été reconnus par les Sept étaient autorisés à en posséder une. Les personnes non habilitées qui se faisaient attraper avec cet équipement illégal risquaient une amende ou une peine de prison. Les Sept ne voulaient pas être obligés d'être sur leurs gardes à cause des assassins de leur propre planète.

Je craignais à présent que Nero ait acquis une Cape de Chasseur après son évasion. Cela expliquerait sa quasi-invisibilité près du ruisseau. Cela rendrait ma chasse beaucoup plus dangereuse, mais ce n'était pas le moment de penser au danger. Pas alors que j'avais envie d'enfoncer mon érection dans le corps accueillant de Cassie, de l'entendre crier mon nom alors que je la pousserais jusqu'à l'orgasme.

Pendant que je pensais à ma compagne, Cassie se promenait dans la petite cabine pour tout inspecter. Ses longs doigts élégants caressèrent le dessus du lit, le bureau et la chaise, s'y attardant alors qu'elle se tournait vers moi.

— Qu'en est-il des chevaux ?

— Je me suis occupé d'eux. Ils sont bien installés pour la nuit.

— Et maintenant, Maddox ? C'est fait, je suis sur ton vaisseau. As-tu prévu de me jeter sur ce lit et de me faire des choses inavouables ?

Je ne pouvais que lui dire la vérité, car elle se lisait dans mon regard, dans mes gestes. Ses yeux brûlaient de la même avidité.

— Oui, dis-je. Ça viendra. Mais je t'ai promis un bain.

11

 *assie*

Il me conduisit dans une petite pièce dans laquelle je n'avais pas encore pénétré. Maddox menait la marche, et il me montra l'évier et m'expliqua comment faire apparaître de l'eau froide et de l'eau chaude. Je n'avais encore jamais vu un tel miracle. De l'eau chaude, en un instant ! J'avais entendu parler des chauffe-eau, une nouvelle invention, mais je n'en ai jamais vu.

À côté de l'évier se trouvait ce qui devait être leur version d'un cabanon pour les besoins moins délicats. Maddox jeta un morceau de papier très fin et doux dans la cuvette et agita la main au-dessus de l'appareil. Sans presque aucun bruit, le papier disparut, emporté par un tourbillon d'eau bleue.

J'avais l'impression d'être dans un conte de fées, un monde empli de créations impossibles et de magie. Je souris de ma propre fantaisie, et je levai les yeux pour trouver Maddox, qui m'admirait, le regard plein de désir.

Il me prit par la main et me tira vers un drôle de creux

ovale dans le sol. Il agita la main au-dessus d'un bec cuivré et de l'eau en sortit pour remplir une petite baignoire. Une fois la baignoire pleine, Maddox se plaça derrière moi, tendit la main et commença à défaire les boutons du haut de ma robe.

Je posai mes mains sur les siennes pour les immobiliser.

— Nerveuse ? murmura-t-il, et son souffle me réchauffa le cou.

Je hochai la tête, et l'arrière de mon crâne heurta son torse musclé.

— Voilà qui pourrait te faire du bien, ajouta-t-il.

Il tourna sa paume vers moi, pour que je puisse voir sa marque.

— Prends ma main dans la tienne, Cassie.

Sa voix était grave, mais douce, et je ne pus résister à son ordre plein de tendresse.

Une fois nos paumes l'une contre l'autre, je sentis la chaleur brûlante de ma marque toucher la sienne, l'exaltation parcourir mon corps, le désir décadent m'envahir. Je sentis son sexe durcir alors qu'il se pressait contre le bas de mon dos. Mes mamelons se dressèrent. Ma pudeur s'était envolée, et je n'étais pas le moins du monde nerveuse. Au fond de moi, je savais qu'il avait raison, que cela me faisait du bien. Il n'avait pas besoin de me rassurer. Je ressentais la connexion entre nous.

Je n'avais rien à craindre avec Maddox. Il m'avait vue tout entière, même si cela n'avait été qu'un rêve. Il s'était agenouillé devant moi derrière le poulailler et avait placé sa bouche contre moi, me poussant facilement vers l'orgasme. Je n'avais plus rien à cacher. Et je voulais sentir son sexe m'emplir, et pas seulement dans un rêve. Je le voulais en vrai, sentir son goût sur mes lèvres, ses mains sur mes seins. Lui. Je le voulais lui.

— Enlève ta robe, Cassie. Je veux te regarder.

Je quittai son étreinte, nos mains se séparèrent, mais l'impression que j'avais de lui appartenir persistait. Je me tournai pour lui faire face et le regardai à travers mes cils alors que j'ouvrais les boutons de ma robe. Ses yeux suivirent mes mouvements, regardant ma peau nue apparaître lentement. Sa mâchoire se serra, et je regardai son sexe grandir et tendre son pantalon, faisant presque craquer le tissu.

C'était moi qui lui inspirais cela. Je l'excitais, le poussais au désir charnel. Je le sentais. Je sentais son désir, et cela ne faisait que me donner envie de le pousser un peu plus loin. Je me sentais puissante, désirée, et la combinaison de ces deux émotions était comme un éclair parcourant tout mon corps.

Ma robe se desserra, et je la fis glisser sur mes épaules, libérant mes bras pour que le tissu grossier tombe autour de mes chevilles. Je n'avais plus que mon corset et mon jupon.

Il se passa la langue sur la lèvre inférieure alors qu'il admirait la courbe de mes seins. D'un geste expert, je défis les baleines de mon corset tout en le regardant. Je pris mon temps pour examiner ses larges épaules et sa taille fuselée. Je laissai mon regard vagabonder entre les muscles saillants de son cou, ses biceps gonflés et ses grosses mains puissantes que j'étais impatiente de sentir sur ma peau. Les muscles de son ventre se contractèrent, et j'eus très envie de tendre la main et de tracer le contour de chaque plein et délié du bout des doigts, peut-être même du bout de la langue.

Mes doigts ne tremblaient pas et avec une certaine confiance en moi, j'enlevai mon jupon et mon corset et les laissai tomber au sol. Mes longs cheveux me tombèrent dans le dos alors que je me tenais devant lui, complètement nue, et me présentais à lui.

Les yeux de Maddox se mirent à briller, et il gémit. J'en

sentis la vibration jusque dans mon cœur. J'étais toute mouillée, je sentais l'invitation de mon corps me glisser le long des cuisses.

Il prit une inspiration, les narines dilatées. Pouvait-il sentir mon désir ?

— Dans la baignoire, compagne, avant que je te plaque contre le mur.

Il fit un pas vers moi, mais je n'avais pas peur. J'étais pleine de désir, plutôt. Beaucoup trop, même, car l'idée qu'il me prenne en me pressant contre un mur me paraissait... exaltante. Charnelle. Le fait que Maddox soit sur le point de perdre le contrôle me plaisait encore plus.

— Dans quel sens veux-tu que je me mette ? demandai-je en grimpant dans la baignoire.

Je poussai un sifflement en entrant dans l'eau, qui était si chaude et pleine de vapeur qu'elle apaisa immédiatement les douleurs que chevaucher toute la journée m'avait causées. Mes muscles se détendirent, et moi aussi. Je m'immergeai jusqu'au cou et laissai mes paupières se fermer.

Son quasi-grognement me fit rire. Je jouais avec le feu, à présent, et je le savais.

— Si je te prends contre le mur — non, quand je le ferai —, quelle position préféreras-tu ?

Je l'imaginai devant moi, mes seins écrasés contre son torse, nos bouches pressées l'une contre l'autre alors qu'il me prendrait, le dos contre le mur. Cette idée était excitante, mais j'imaginai ensuite l'alternative, ma tête renversée sur l'épaule de Maddox alors qu'il me prendrait pas derrière, la main dans mes cheveux pour me maintenir en place sous ses coups de reins.

Cette idée me fit frissonner alors qu'il ouvrait un petit compartiment situé près de ma tête et qu'il en sortait une drôle d'éponge et ce qui ressemblait à du savon fondu.

— Je ne sais pas, dis-je. Je crois que je veux essayer les deux.

Il me sortit presque de la baignoire pour m'embrasser, et je craignis de l'avoir poussé trop loin. Il ne se contentait pas de me titiller. Son baiser était érotique et passionné, et je sus qu'il s'imaginait en train de faire ces mouvements dans mon corps avec son sexe.

Maddox rompit notre baiser et m'assit dans la baignoire. L'eau m'arrivait à la taille, et Maddox chassa ma main lorsque je la tendis vers l'éponge pour me nettoyer.

— Non, laisse-moi faire, dit-il. J'ai envie de t'explorer depuis que j'ai rêvé de toi pour la première fois.

Contente de le laisser faire, je m'allongeai et fermai les yeux alors qu'il nettoyait chaque centimètre de moi, du bout de mon petit orteil jusqu'à mes seins, en passant par mon entrejambe. Cette expérience me paraissait décadente, et très coquine, le liquide savonneux comme de l'huile sur ma peau. Il me plongea la tête sous l'eau et me massa le cuir chevelu, nettoyant les saletés du voyage de mon visage avant de m'embrasser encore et encore, dans une danse langoureuse entre nos lèvres.

Quand je fus aussi propre que possible, il m'aida à me lever et m'enveloppa d'un grand linge blanc et doux. L'étoffe étrange semblait se gorger de l'eau que j'avais sur la peau et dans les cheveux, et en une minute ou deux, je fus complètement sèche. Je n'aurais pas de mal à m'habituer à cette eau chaude instantanée, à ces placards incrustés dans les murs et aux serviettes qui séchaient en un clin d'œil.

Enveloppée dans une serviette, je posai la main sur la poitrine de Maddox, et je sus qu'il sentait la chaleur de ma marque contre sa peau, malgré la mince barrière fournie par sa chemise. Je dus incliner la tête en arrière pour croiser son regard.

— Et toi ?

Son front était taché de sang, aussi en sueur et poussiéreux que le mien. Il voulait sûrement profiter de l'eau chaude, lui aussi.

— Vas-tu me laver, Cassie ?

L'idée de le voir nu, de passer mes mains sur son corps, me fit immédiatement hocher la tête. Il n'hésita pas, et se débarrassa rapidement de tous ses vêtements jusqu'à se retrouver nu, lui aussi. Je le regardai de la tête aux pieds alors qu'il me faisait un clin d'œil et entrait dans la baignoire, qui semblait avoir des réserves d'eau courante inépuisables, comme un ruisseau. Il ne restait plus du tout de savon ou de saleté dans l'eau lorsque Maddox se laissa tomber de tout son poids dans la baignoire.

Autour de moi, la baignoire était grande, plus que suffisante pour se sentir à l'aise. Mais les épaules de Maddox touchaient les bords des deux côtés et ses longues jambes étaient pliées pour s'adapter à la longueur de la baignoire. Cette position le forçait à écarter légèrement les jambes, et je ne pouvais pas empêcher mon regard de se balader à la vue de son énorme sexe dressé.

J'avais vu Charles nu, mais il ne ressemblait en rien à Maddox. Là où Charles avait été imberbe avec une peau pâle, Maddox était élancé et musclé. Quelques poils noirs formaient un triangle sur sa poitrine, se transformant en fine ligne au niveau de son nombril pour descendre jusqu'à un sexe impressionnant. Celui-ci était complètement dressé, collé à son ventre ; ses bourses étaient lourdes et pleines. S'il était aussi excité que moi, il aurait hâte de se vider en moi. Mes parois internes se contractèrent à cette idée. Mon corps voulait qu'il me conquière, qu'il me couvre de sa semence et me revendique officiellement. Mon besoin d'accueillir sa semence était instinctif, et durant un instant, je me sentis plus animal que femme. Je désirais ce que je voyais. Il n'y avait de la place pour rien d'autre dans ma tête.

Accroupie à côté de la baignoire, je pris plaisir à le laver, à toucher chaque centimètre carré de sa peau lisse. Il ne dit pas un mot, ne me guida pas et ne me repoussa pas, me laissant apprendre à connaître son corps comme je le voulais. Il était mon compagnon, tout comme j'étais sa compagne.

— J'ignore combien de temps je vais pouvoir attendre, Cassie, murmura-t-il.

Je quittai son corps du regard pour rencontrer ses yeux. Ils avaient beau être bleu glacier, j'y voyais de la chaleur.

— Je te veux maintenant. Je veux te porter jusqu'à mon lit, te jeter dessus et te baiser jusqu'à ce que tu cries mon nom.

— D'accord, répondis-je.

Ses paroles faisaient apparaître des images charnelles dans mon esprit, et mes seins devinrent lourds, ma peau brûlante. J'avais du mal à respirer.

Il se leva alors brusquement, le corps dégoulinant. Il sortit de la baignoire et attrapa la serviette, me laissant nue et impudique tandis qu'il se séchait d'un geste rapide, sans me quitter des yeux. Quand il eut terminé, il laissa tomber la serviette par terre, se plia en deux et me jeta par-dessus son épaule.

— Maddox ! m'écriai-je alors que mon monde se mettait sens dessus dessous et qu'il me gratifiait d'une vue imprenable sur son derrière musclé.

Je plaçai mes mains autour de sa taille pour garder l'équilibre, même si je savais qu'il ne me laisserait jamais tomber. Je sentais l'air frais sur ma peau nue alors qu'il me faisait traverser le vaisseau.

Il me laissa tomber sur le lit sans ménagement. Je rebondis et poussai un sifflement de douleur alors que les contusions causées par ma longue journée à cheval se manifestaient.

— Qu'est-ce qui ne va pas ? me demanda-t-il en me regardant, l'intensité de son regard troublante.

J'étais surprise qu'il ait remarqué ma légère gêne. Je ne voulais pas que cela m'empêche de prendre profondément son sexe en moi.

— Ce n'est rien.

Il plissa les yeux et me posa les mains sur les hanches, me dominant de toute sa hauteur.

— Ne me mens pas, compagne. Je t'ai prévenue de ce qui t'arriverait si tu le faisais.

— J'ai... j'ai mal à cause du voyage.

Il sourit alors, ses dents blanches contrastant avec sa légère barbe. Il fit tournoyer son doigt, et dit :

— Sur le ventre.

Je jetai un regard par-dessus mon épaule et me plaçai sur le ventre. Il se dirigea vers le mur et sortit quelque chose d'un tiroir caché. Je reconnus immédiatement l'objet. Il s'assit au bord du lit et me plaça sur ses genoux, mon ventre contre ses cuisses.

Je protestai, jusqu'à ce qu'il agite la baguette ReGen au-dessus de mes fesses et de mes cuisses. Je fus émerveillée en sentant d'abord de la chaleur, puis un soulagement immédiat. Sa paume suivit la trajectoire de la baguette en me caressant doucement. Je sentais la chaleur de sa marque à chaque passage, et cela me donnait envie de bouger, de rechercher son contact alors même que la baguette guérisseuse me poussait à rester immobile.

Je poussai un soupir et détendis les muscles, laissant mes jambes s'ouvrir. Maddox inspira profondément et se pencha pour poser la baguette sur le sol, tout en continuant de me caresser la peau.

— Tellement belle, murmura-t-il en faisant glisser ses doigts entre mes cuisses. Si mouillée pour moi.

Je lui susurrai mon accord et remuai les fesses, avide de plus que le bout de ses doigts contre mes grandes lèvres.

— Et si pleine de désir... Mais d'abord, tu mérites une punition.

J'ouvris les yeux et regardai une nouvelle fois par-dessus mon épaule. Je vis sa poitrine et ses épaules larges, le plaisir intense sur son visage alors qu'il regardait la main qu'il m'avait passée entre les cuisses. Ses doigts sondaient mon sexe mouillé avec des mouvements lents qui me poussaient à me tortiller.

Avec un soupir, il mit fin à cette caresse intime et posa sa paume à plat sur mes fesses. Il plaça son autre main dans le creux de mes reins.

— Je t'ai prévenue, quand nous étions au ruisseau, Cassie. Tu es à moi, à présent, et je t'interdis de me mentir et de me désobéir quand ta vie est en danger.

— Je ne t'ai pas...

— Si. Tu as tenté de me cacher ta douleur. Tu as menti quand je t'ai demandé ce qui n'allait pas.

Je ne voyais pas le problème.

— Ce n'est pas important. Ce n'est pas la première fois qu'une selle m'occasionne des douleurs. Ça va passer.

Il plongea les yeux dans les miens et se mit à parler lentement, comme pour souligner ses propos. J'avais l'impression d'être une petite fille désobéissante face à son maître d'école.

— Ta douleur n'est jamais sans importance. Pas pour moi. Tu es la seule chose qui compte pour moi à présent, Cassie. Je prendrai soin de toi. Je te protégerai. Je ne te quitterai jamais. Mais tu ne dois pas me mentir. Je t'avais prévenue, et il est temps que tu apprennes que tes actions ont des conséquences.

— Que veux-tu...

Clac !

— Maddox ! m'écriai-je quand sa main atterrit sur mon derrière nu à nouveau.

Je tentai de prendre appui sur le lit pour me relever, mais il était trop grand, trop fort, et je ne pouvais pas m'échapper. La douleur de sa paume qui s'abattait encore et encore sur mes fesses se transforma en chaleur constante qui se propagea vers mon sexe et mes seins.

— Tu viens de te servir de la baguette pour me soigner, et voilà que tu me refais du mal !

— Oui, tu as raison, répondit-il. Mais cette fessée, ce n'est pas avec une baguette ReGen que je vais l'apaiser, mais avec mon sexe.

Clac !
Clac !
Clac !

Je fermai les yeux alors qu'il continuait, surprise de découvrir que j'attendais avec impatience que sa paume s'abatte encore sur mes fesses, que la morsure de la douleur se propage à travers mon corps. J'avais souffert toute la journée, épuisée mentalement par tout ce qui s'était passé. En cet instant, toutes les terreurs du monde s'estompaient, remplacées par un picotement bourdonnant sous ma peau, par la chaleur de ses cuisses et le frottement des poils de sa jambe contre mes seins. Des larmes roulèrent sur mes joues, mais je ne ressentais pas la douleur qui les causait. C'était comme si mon cœur pleurait, indépendamment de ma tête. Je n'avais pas à réfléchir, simplement à ressentir.

La douleur me traversa, et j'oubliai ma raison et mes inquiétudes.

Quand il eut fini, il me caressa le dos et les cuisses, m'apaisant avec son contact doux jusqu'à ce que mes larmes sèchent. Une fois débarrassée de mes larmes, les idées claires, il ne me restait plus que la brûlure de ses mains, la chaleur humide entre mes cuisses exigeant d'être rassasiée.

Je n'étais plus un être pensant, mais une créature primitive seulement portée par son sens du toucher, du goût, de l'ouïe.

Seulement portée par le désir.

Il me passa une main autour de la taille, me souleva et me plaça à quatre pattes devant lui. Il me prit par les cheveux et me baissa la tête pour que je sois en appui sur les avant-bras, les fesses en l'air, présentées comme une offrande. Ses doigts taquinèrent mon intimité humide, et je pris une profonde inspiration.

— Tu aimes que je te punisse, dit-il.

Je secouai la tête, mes cheveux glissant sur le lit.

— Non.

Il me donna une petite tape toute douce, et mes parois intérieures se contractèrent autour de ses doigts.

— Voilà que tu me mens à nouveau, dit-il avant d'adoucir ses mots. Devrais-je te donner une autre fessée ? Je sais que ça te plaira.

— Maddox. Je t'en prie.

Il sortit les doigts de ma chaleur humide, et je sentis son sexe contre mon entrée impatiente.

— La punition est finie, murmura-t-il. Comme je te l'ai dit, je vais te baiser, maintenant, et tout ira mieux. Je vais te revendiquer. Quand nous arriverons sur Everis, je couvrirai tout ton corps d'or. Ton cou, tes poignets et tes chevilles en seront ornés, et je me servirai de ces anneaux pour t'attacher, Cassie. Pour te garder immobile pendant que je te baiserai encore et encore, que je t'emplirai de ma semence.

La vision que ses mots conjuraient me fit gémir.

— Oui.

— Mets les mains au-dessus de ta tête et laisse-les là. Ne bouge pas.

J'obéis sans réfléchir, désireuse de lui faire plaisir, de le convaincre d'avancer les hanches et de m'emplir avec son sexe énorme, de me faire sienne pour toujours.

— Tout d'abord, ta chatte doit être préparée.

Alors qu'il plaçait sa main sur mon sexe, je gémis.

— Je suis prête.

Il sourit et secoua la tête.

— Pas encore.

12

 assie

Pas encore ?

Deux doigts se glissèrent en moi par-derrière, m'étirant et m'emplissant. Je poussai un nouveau gémissement. Cette fois, c'est son nom qui m'échappa.

— Si mouillée et serrée. Ma queue sera parfaitement à sa place. Tu veux que je t'emplisse ? Que je te pénètre avec ma queue ?

Il me pénétra brusquement avec ses doigts, m'étirant davantage alors que son autre main me pressait les fesses.

— Ou avec ma langue ?

Oh, Seigneur.

Sa main me claqua les fesses quand je ne répondis pas tout de suite.

— Les deux, dis-je.

Des images des deux actes inondèrent mon esprit, et je sentis ses doigts glisser sans difficulté dans mon fourreau humide alors que mon désir lui enduisait la main. Je bougeai les hanches de manière à ce que ses doigts puissent me pénétrer plus profondément, imitant les mouvements qu'aurait effectués son membre énorme. Sa main s'abattit sur mon derrière, une légère fessée alors que ses doigts caressaient mes parois internes. Il avait frappé un endroit particulièrement sensible, et j'en eus le souffle coupé, mes hanches ruant vers l'avant, loin de lui, loin de l'intensité de ce contact charnel.

Il me passa une grande main autour de ma hanche et me tira vers ses doigts avec force.

— Allons, allons, Cassie. Tu dois choisir. Ma queue ou ma langue.

Je luttai pour respirer et agitai les hanches pour le pousser à bouger les doigts une nouvelle fois, mais il frappa mes fesses nues, et la douleur me fit sursauter. J'étais lasse de lutter contre mon corps, de nier ce que je voulais. C'était ce que j'avais fait toute ma vie ; je n'avais jamais osé demander ce qu'il me fallait, ne m'étais jamais attendue à l'obtenir.

Mais Maddox ? Mes instincts me hurlaient dessus. Maddox était à moi. Il me donnerait tout ce que je désirais.

— Ta langue d'abord. Ta queue ensuite, soufflai-je.

— Quelle gourmande.

Il se mit à rire et me caressa les fesses en sortant presque ses doigts d'entre mes cuisses.

— Tu veux jouir maintenant, Cassie ? Tu veux jouir pendant que je te lécherai le clitoris ?

— Oui.

Ses mots scandaleux me rendaient folle. Chaque mot me montait droit à la tête, et je l'imaginai me faire ce qu'il me disait avec une clarté parfaite.

Lorsqu'il se pencha sur moi, je sentis sa chaleur, les poils doux de sa poitrine alors qu'il m'embrassait le long de la colonne vertébrale, ses doigts recommençant à bouger à nouveau en moi. Quand il atteignit mon derrière, il pinça ma chair tendre, et je haletai.

— J'aime voir la marque de ma main sur tes fesses. Rose vif sur ta peau veloutée. J'arrive à sentir ton désir, Cassie. Il est maintenant temps pour moi d'y goûter.

Il libéra ses doigts et posa ses deux mains sur mes fesses, écartant ma chair gonflée avec ses pouces. Je sentis mon désir collant se répandre sur ma peau alors qu'il baissait la tête et posait sa bouche directement sur mon clitoris. Il n'était pas doux, il n'était pas tendre, mais vorace et presque impatient de laper la moindre goutte de mon excitation, de caresser ma petite boule de nerfs pour me conduire au bord de l'extase. Mais j'étais vide, mon intimité pleine de désir se refermant sur le néant, et je poussai un cri frustré.

— Maddox, s'il te plaît.

— S'il te plaît, quoi ? souffla-t-il contre ma chair brûlante.

— J'ai changé d'avis. Je veux te sentir en moi.

Ma peau était couverte d'une pellicule de sueur, mes doigts serrés sur la couverture toute douce, mes mains au-dessus de ma tête, comme il me l'avait ordonné. Mes cheveux étaient ébouriffés, étalés sur le lit.

— Dis-le.

— Dire quoi ? haletai-je alors qu'il faisait le tour de mon clitoris du bout de la langue.

— Tu veux que je te prenne avec ma queue ?

Je hochai la tête.

— Dis-le.

— Je... je veux que tu me prennes.

— Avec quoi ?

Je léchai mes lèvres sèches.

— Avec ta queue.

— C'est bien.

Il leva la main et me donna une nouvelle claque sur les fesses.

— Maddox ! m'exclamai-je alors que mon sexe vide se contractait au point d'être douloureux.

Sa langue lapa mes fluides.

— Ça te plaît, n'est-ce pas ?

Je ne pouvais pas le nier, car j'aimais effectivement le feu de sa main ferme chaque fois qu'il l'abattait sur mes fesses.

— Oui !

Il se leva une nouvelle fois et se servit de sa main pour placer son membre à l'endroit précis où je le voulais. Je tentai de reculer les hanches, de m'empaler sur son érection, mais il me maintint en place d'une main ferme sur ma hanche.

— C'est pour l'éternité, Cassie. Je ne t'abandonnerai jamais. Pas après ça.

— Baise-moi.

Je n'étais plus capable de former des phrases complètes, sur le point de perdre le contrôle. D'un coup de reins agile, il me transperça. Il se mit à bouger, vite et fort, son sexe caressant la zone ultrasensible qui se trouvait en moi jusqu'à ce que je pousse des cris, mon orgasme m'embrasant comme un feu de forêt déchaîné qui s'emparait de chaque centimètre de ma peau, tous mes muscles crispés d'extase durant de longues secondes alors que mon sexe se contractait autour de son membre.

Avant que je ne puisse récupérer, il s'allongea sur mon dos, me couvrant complètement. Dans cette position, son sexe me pénétrait profondément. Sous son corps imposant, je me sentais complètement dominée, à sa merci, et tellement excitée que la pression de sa poitrine sur mon dos me fit presque jouir sur-le-champ.

— À présent, je vais te revendiquer. Nos marques vont se

toucher pendant que je t'emplirai de ma semence. Tu es à moi, Cassie. À moi.

Je ne le contredis pas.

Grâce à sa force incroyable, il me retourna aisément sur le dos et m'écarta les genoux alors qu'il se glissait entre mes jambes. Ses cheveux tombèrent sur son visage quand il plongea son regard dans le mien.

— À moi.

Ces mots me firent frissonner, et je levai les bras pour le saisir, pour l'embrasser.

Il me saisit immédiatement les poignets et remit mes mains à la place qu'elles avaient occupée, au-dessus de ma tête.

— Je t'ai dit de ne pas bouger, compagne.

Il s'allongea sur moi de tout son poids, me pressa contre le matelas moelleux, et je me blottis contre lui, consciente qu'il était trop tard pour résister. J'étais à ses ordres, complètement sous son contrôle, et cette pensée me poussa à fermer les yeux pour tenter de cacher à quel point je le désirais quand il était ainsi. Autoritaire, dominateur, irrésistible.

Je ne répondis pas, me contentant de lever la tête pour lui voler un baiser. Je ne lui opposai aucune résistance. Pourquoi l'aurais-je fait ? Je le désirais autant qu'il me désirait. Dans son baiser, je percevais le goût de mon excitation, douce et acidulée. Je sentis la sienne dans la sensation de son sexe pressé contre l'intérieur de ma cuisse.

Il me prit les mains dans les siennes et les maintint au-dessus de ma tête, nos doigts entrelacés. Nos marques se touchaient, frottaient l'une contre l'autre, et je me cambrai sur le lit, impatiente de le sentir en moi.

— Es-tu à moi, Cassie ?

Je hochai la tête, me léchant de nouveau les lèvres.

— Oui.

— Acceptes-tu ma revendication de compagnon marqué ? Seras-tu à moi chaque jour de ta vie ?

C'était comme des vœux de mariage. Avec Maddox nu au-dessus de moi, je réalisai que c'était un moment d'engagement réciproque. Aucun pasteur n'était nécessaire. Aucun témoin. Je percevais la vérité dans ses mots, le sérieux de sa question à travers nos marques. Je le désirais. J'avais besoin de lui. C'était fou, mais vrai.

— Oui.

Il sourit alors, de toutes ses dents, et baissa la tête pour m'embrasser comme s'il ne pouvait pas s'en empêcher. Sa langue s'entremêla à la mienne, et je gémis. Il bougea les hanches pour nicher son sexe contre mon entrée. Le bout évasé de son membre écarta mes petites lèvres jusqu'à être enduit par mon excitation.

— Je suis à toi, Cassie. J'accepte ta revendication de compagne marquée. Je serai à toi chaque jour de ma vie.

Son sourire disparut, ses yeux clairs se firent sérieux, ses mots cruciaux. Lourds de sens.

— Maddox, murmurai-je en levant les hanches pour que son sexe glisse en moi de quelques centimètres. Arrêter de parler.

Il gémit alors, ferma les yeux.

— À moi. Tu es à moi.

Je secouai lentement la tête.

— Non. Toi, tu es à moi.

Je bougeai de nouveau les hanches et lui passai les jambes autour de sa taille. Je levai les fesses et le pris en moi d'un coup de reins ferme. Là où Maddox avait attendu que j'accepte sa revendication, que j'accepte notre union, j'avais voulu m'assurer qu'il comprenait à quel point je le voulais. Je voulais être l'agresseur, ne serait-ce que pour un instant, car je doutais que Maddox me laisse un jour mener la danse au lit, et cette pensée me fit gémir de désir. Je le voulais ainsi, dur et dominateur au-dessus de moi, mes mains coincées au-dessus de ma tête alors qu'il me baisait.

Il se mit à bouger, glissant lentement en moi et observant chacune de mes réactions. Il était imposant, tellement imposant, et je me sentais totalement étirée. Je n'avais rien fait de tel depuis des années, et le sexe de Maddox était bien plus gros que celui de Charles. Il savait aussi comment le manier, car à chaque coup de reins profond, il s'assurait de presser son abdomen contre mon clitoris, frottant mon point sensible jusqu'à ce que je voie des étoiles. Nos marques se touchèrent, et la sensation me traversa, plus puissante qu'une gorgée de whisky. La chaleur dans mon clitoris et dans mon ventre irradia jusqu'à ce que chaque centimètre de ma peau devienne rouge et brûlant. Il m'emplissait tout entière et me mordillait le cou, l'oreille, me disait à quel point j'étais belle, à quel point mon sexe était chaud, humide et serré autour de son membre, m'envoyant vers les sommets.

Les jambes toujours enroulées autour de sa taille, les talons enfoncés dans ses fesses, je le poussai plus profondément en moi. J'avais l'impression qu'il faisait partie de moi, que rien ne nous séparait.

La respiration de Maddox devint saccadée, ses mouvements passant de réguliers à sauvages.

Ses doigts se crispèrent sur les miens, nos paumes couvertes de sueur, et ma marque palpitait au rythme de mon cœur. Ou au rythme de celui de Maddox ?

— Maddox, je vais...

— Oui. Jouis pour moi, Cassie. Jouis sur ma queue.

Je ne pouvais pas me retenir, je ne pouvais pas résister au son de sa respiration frénétique, au grondement de ses mots, au gonflement de son sexe. Il ne se contenait pas, et moi non plus.

Alors je jouis, avec une chaleur sauvage et tellement

intense que j'en oubliai de respirer, des couleurs scintillant derrière mes paupières fermées. Mon sexe trayait le membre de Maddox, avide de sa semence. Il ne me déçut pas, et il se raidit au-dessus de moi. Son sexe se mit à pulser en moi, m'emplissant de son essence.

Nos paumes étaient toujours jointes et je sentais le lien qui nous unissait. Mon plaisir ne découlait pas seulement de mon orgasme délicieux ou de la semence Maddox au fond de moi.

Je me sentais *complète*. Entière. J'avais l'impression de me trouver là où j'étais née pour me trouver. Maddox était mon foyer. Et j'avais beau savoir que nos marques avaient joué un rôle dans mes sentiments, je savais aussi que ce qui avait provoqué cette vague d'émotion n'avait pas d'importance. Maddox était *à moi*, et je ne renoncerais jamais à lui.

La revendication nous avait rapprochés, unis tout aussi puissamment que sa semence vitale qui m'emplissait. Je n'avais pas eu la chance d'avoir un enfant pendant mon union avec Charles, mais je savais désormais pourquoi mon mariage n'avait pas fonctionné. Mon corps avait été créé pour Maddox. Mon plaisir lui appartenait. Mon ventre attendait la semence de Maddox, et celle de personne d'autre. Je n'avais rien compris à la marque quand Maddox avait tenté de m'expliquer les choses, mais à présent, je savais. Je savais pourquoi il m'avait dit qu'il ne m'abandonnerait jamais. J'avais l'impression que mon corps l'avait attendu, tout comme moi.

J'arrivais facilement à décrypter l'expression de son visage, à présent. Mon compagnon ne me cachait rien. Je voyais sa possessivité, son plaisir, son désir, et ces émotions reflétaient les miennes. Je pressai sa main, liant nos doigts alors qu'il ondulait lentement entre mes jambes et que son érection se manifestait à nouveau alors que je plongeais mon regard dans ses yeux. Un lien avait été formé par nos marques jointes, nous connectant comme rien d'autre ne le pouvait. Ce n'était pas un mariage terrestre, mais un lien céleste. Incassable.

Il me prit à nouveau, plus lentement, cette fois et je le serrai contre moi, posai sa tête sur mes seins et passai mes doigts dans ses longs cheveux noirs alors qu'il goûtait ma peau. Ses mains explorèrent minutieusement chaque centimètre de mon corps, puis se posèrent sur mes fesses pour qu'il puisse me pénétrer plus vite, plus fort.

Il s'empara de mes lèvres, baiser après baiser, sa langue plongeant dans ma bouche alors que son membre m'emplissait pleinement. Le monde avait disparu autour de nous, et je me moquais bien de savoir que nous nous trouvions sur un vaisseau spatial ou que Maddox n'était pas humain.

Je hurlai son nom alors que l'extase s'emparait de moi, pas parce qu'il me l'avait demandé, mais parce qu'il m'appartenait.

13

Maddox

Cette nuit-là, je la pris encore et encore, parce qu'il le fallait, parce que la chaleur de sa peau et son parfum de roses et de soleil me donnaient une érection chaque fois que je l'approchais. Non que je me sois beaucoup éloigné d'elle.

Nous passâmes la journée à bord du vaisseau, à nous reposer et à guérir, à parler et à baiser jusqu'à ce que je doive utiliser la baguette ReGen sur elle à deux reprises pour atténuer la douleur entre ses jambes.

Un fait que je trouvais très satisfaisant, même si je savais que ressentir cela signifiait que je ne valais pas mieux qu'un animal. Mais je n'arrivais pas à contenir les pulsions instinctives qui piétinaient mon bon sens. À présent que nous étions en sécurité à bord du vaisseau, j'avais l'impression que mes décennies de discipline et de maîtrise de moi durement gagnées avaient pris la fuite face à son pouvoir féminin.

Je la voulais, et elle était à moi. Pendant des heures, c'était tout ce à quoi je pouvais penser. Et je n'étais pas le seul, car elle était tout aussi vorace, tout aussi désireuse et insatiable.

Pendant que sa robe se trouvait dans l'unité de lavage, je la vêtis de l'une de mes chemises d'uniforme de rechange. Elle lui arrivait presque aux genoux, soulignant notre différence de taille. Alors qu'elle continuait à tirer sur le vêtement, beaucoup plus court que ceux auxquels elle était habituée, je me délectais de la vue de ses cuisses crémeuses.

Sans son corset, le tissu gris moulait ses courbes comme une seconde peau, et je pouvais voir ses mamelons. Sa robe démodée n'était pas un vêtement qu'elle continuerait à porter. Alors que j'insistais pour qu'elle renonce à cet objet de torture (une femme devrait pouvoir respirer et bouger facilement), elle estimait que sa tenue était indécente. J'aimais savoir qu'elle était nue en dessous. J'appréciais cet accès facile à son corps, et elle aussi. Je la tenais, la touchais, l'embrassais autant que je le pouvais, car je savais que ce bref interlude ne durerait pas.

Nero courait toujours, et Maddie n'avait pas encore été vengée.

Mais pour l'instant, Cassie était assise en face de moi dans la station d'alimentation, occupée à prendre son déjeuner du bout des lèvres. Des nouilles de Varnon réhydratées et un assortiment de viande séchée d'Everis étaient entassés dans son assiette.

Elle fronça les sourcils et repoussa les nouilles vertes avec sa fourchette.

— Ces nouilles ont l'air dégoûtantes, mais elles ont le goût de pommes vertes acidulées.

J'en engloutis une grande bouchée et haussai les épaules. Je ne savais pas quel goût avaient les pommes vertes. J'avalai ma nourriture et pointai du doigt la viande séchée d'un gros volatile everien qui ressemblait beaucoup à ses poules.

— Et que penses-tu de ça, compagne ? Ça te plaît ?

Cassie planta sa fourchette dans un cube de viande et l'examina. J'ignorais ce qu'elle penserait des rations everiennes. Chaque vaisseau de chasse était approvisionné avec les mêmes douze repas standard. Ils avaient été formulés par nos meilleurs nutritionnistes pour un effet optimum pour la santé des passagers lors de longs voyages dans l'espace ou même lors de longues chasses.

Elle inséra un petit morceau de viande dans sa bouche et mâcha lentement, réfléchissant à sa réponse.

— Et bien, c'est... intéressant.

— C'est tout ?

Je ris face à sa tentative pour être diplomate.

— Ce sont des rations militaires, dis-je. Elles ne sont pas conçues pour avoir bon goût.

— Et bien, tout s'explique.

— Comment ça ?

— Bon, si tu veux tout savoir, ce cube de viande a un goût de vieille chaussette sortie tout droit de la botte d'un cow-boy.

Mes yeux s'écarquillèrent devant cette... excellente description. D'après le repas qu'elle avait cuisiné et servi à la pension, Cassie était une excellente cuisinière. J'avais beau ne pas savoir ce que j'y avais mangé, cela avait été bien meilleur que ces cubes sans saveur. Comparées à sa cuisine, ces rations étaient répugnantes.

— C'est bon à ce point ? répondis-je.

— Mmm, oui, dit-elle en secouant la tête et en repoussant son assiette. J'espère que les autres plats ont meilleur goût, sinon nous devrons faire des provisions avant que j'accepte de partir avec toi.

Mon cœur bondit à ses mots. *Avec toi.* Qu'elle en soit consciente ou non, elle acceptait son avenir avec moi, un avenir qui n'inclurait pas de vivre sur Terre. Incapable de m'en empêcher, je me penchai sur la table et m'emparai de ses lèvres dans un baiser.

Comme je m'y attendais, elle répondit instantanément en gémissant et en se rapprochant de moi. Ses bras se levèrent et elle enfouit les doigts dans mes cheveux pour m'attirer vers elle. Par le Divin, j'adorais sentir ces mains puissantes dans mes cheveux, qui me saisissaient de façon pressante, qui me disaient qu'elle avait besoin que je la touche autant que j'avais besoin de sentir sa peau douce sous mes mains.

Bip-bip-bip.

Le son frénétique retentit par le système de communication du vaisseau, et j'interrompis notre baiser passionné avec regret. Le monde réel avait fini par nous rattraper.

Ma main dans la sienne, je conduisis Cassie vers un panneau de communication et lus la signature d'identification de la personne qui appelait le vaisseau. Qui que ce soit, il connaissait les protocoles et les codes appropriés, mais il ne s'agissait pas de l'un des Chasseurs avec lesquels je voyageais. Thorn, Jace et Flynn avaient leurs propres codes, et ce n'était pas le leur. Je me demandai si mon frère ou les Sept avaient envoyé un deuxième groupe de chasseurs pour veiller à ce que notre traque et notre capture se terminent aussi vite que possible.

En temps normal, cette idée m'aurait agacé. Mais à présent que Cassie était à mes côtés, pour la première fois, tout ce que je voulais, c'était que cette mission se termine pour pouvoir la ramener à la maison.

Je répondis, pour que la personne qui essayait de joindre le vaisseau m'entende.

— Ici Maddox. Parlez.

— Ahh, Maddox. Ça faisait longtemps. Je te manquais tellement que tu as été obligé de me suivre sur Terre ?

Je me raidis quand la voix froide et creuse de Nero

emplit la petite pièce. Il parlait dans un anglais parfait, et Cassie me pressa la main. Elle s'approcha, mais ne fit pas de bruit.

— J'aimerais pouvoir en dire autant, Nero. Pourquoi ne me retrouves-tu pas quelque part pour te rendre ? Pour nous faciliter la tâche à nous deux ?

— Me rendre ?

Son rire résonna contre les parois dures du vaisseau.

— Je pense que tu as passé assez de temps à baiser ta petite compagne humaine sur ton vaisseau. Mais comme c'est demandé si gentiment, je veux bien te retrouver quelque part.

L'écran de communication s'alluma, et une carte des environs apparut. Des environs que je ne connaissais pas. Cassie se rapprocha, étudiant le tracé et les points de repère comme si elle reconnaissait les lieux.

— Il est temps de venir t'amuser, déclara Nero.

À l'arrière-plan, les sanglots d'une femme résonnaient haut et fort, et j'eus soudain l'impression d'avoir du plomb dans l'estomac. Nous avions déjà joué à ce petit jeu.

À cette pensée, mon sang se glaça. Le fait qu'il sache où j'étais ne m'inquiétait pas. Peut-être avait-il tué les hommes de la pension de famille précisément pour me pousser à regagner le vaisseau. Il savait que je reviendrais ici pour protéger Cassie. À présent, il me faisait quitter le vaisseau pour tenter de sauver une autre femme, une femme dont je craignais qu'elle meure avant que je l'atteigne. Il jouait avec moi depuis le début, peut-être même depuis le moment où il s'était échappé.

Maudit soit-il. Il avait peut-être une longueur d'avance sur moi, mais cela ne signifiait pas qu'il réussirait. Qu'il ne mourrait pas de mes mains.

— Qu'est-ce que tu veux, Nero ? Tu sais bien que je dois

te capturer. Les Sept veulent que tu retournes dans les mines d'Incar, que tu payes pour tes crimes.

— Et toi, qu'est-ce que tu veux, Maddox ?

Je savais que j'aurais dû me taire alors même que les mots quittaient ma bouche.

— Je veux ta tête.

— Oui, c'est bien ça. Je ne retournerai pas à Incar. La Terre me convient. Je vais peut-être rester là à... profiter des habitants.

Le son étouffé de pas sur le gravier retentit par le haut-parleur, suivi par le hurlement déchirant d'une femme.

J'avais envie de quitter la Terre avec ma compagne et de laisser Nero loin derrière nous. J'avais cru que la Terre serait trop primitive pour qu'il puisse s'y amuser très longtemps, mais je m'étais peut-être trompé. Il aimait avoir du pouvoir, dominer les autres et les tuer. Ses capacités avancées le rendaient plus rapide et plus intelligent que les humains. Ici, il serait roi. Personne ne serait capable de l'affronter, et il s'en délectait. Il me provoquait.

Je sentais Cassie m'agripper avec force, mais je refusais de la regarder. J'avais besoin de me concentrer sur Nero, et elle constituerait une distraction. Il faisait du mal à une femme. Sa douleur était évidente dans ses cris.

— Tu as entendu sa douce chanson, Maddox ?

Une douce chanson. Bon sang. Nero était complètement fou. Il fallait que je sauve cette terrienne. Je ne pouvais pas la laisser dans les sales pattes de cet homme, pour qu'il la tue comme il l'avait fait avec Maddie. Il savait que j'étais incapable de l'ignorer, savait que j'avais une conscience. Une âme. Les dents serrées, je répondis :

— Oui.

— Il y a une drôle d'habitation humaine faite de rondins de bois aux coordonnées que je t'ai envoyées. Tu as deux heures avant que j'écorche cette femme jusqu'aux os. Et tu me connais, Maddox, j'adore les entendre hurler.

———

Cassie

La seule chose qui m'avait plu sur le vaisseau de Maddox— à part la salle de bains—, c'était le fait que le couloir central était long et parfait pour faire les cent pas. Quand Nero avait coupé la conversation, Maddox était furieux. Je ne savais pas quel était leur passé, mais Nero le provoquait, le poussant vers une angoisse bien plus terrible que la douleur physique, et contre laquelle la baguette ReGen ne pouvait rien.

J'avais perdu ma mère, la seule personne qui m'avait aimée, et j'étais allée vivre dans une maison située dans un lieu agréable, avec de la nourriture et de la compagnie, mais pas d'amour. Je m'étais souvent demandé comment aurait été ma vie si ma mère avait survécu. Charles était mort, mais bien que sa maladie et son décès si précoces m'aient attristée, j'avais également ressenti du soulagement. Je ne l'aimais pas, je ne le désirais pas comme j'aurais dû. Je m'étais demandé pourquoi, allongée dans mon lit avec l'impression d'être froide et brisée, incapable d'aimer.

Mais à présent, je savais que j'avais simplement eu besoin d'attendre. D'attendre que Maddox vienne me chercher. Le lien que nous partagions était plus fort que tout ce que j'avais ressenti dans ma vie, et je ne voulais pas qu'il prenne fin. Je ne voulais pas être séparée de Maddox. C'était pour cette raison que j'étais aussi nerveuse, à présent.

Il était parti affronter Nero, un criminel extraterrestre

qui le détestait au point de vouloir le tuer. Le tuer ! Et je venais de laisser Maddox quitter le vaisseau, j'étais restée là comme une petite fille bien sage alors que mon homme allait affronter le danger tout seul.

Maddox avait insisté, mais cela ne me plaisait pas. J'admirais sa détermination à sauver la femme que Nero avait capturée. C'était sa... bonté qui m'avait poussée à l'aimer à ce point, à lui faire pleinement confiance. Je ne pouvais pas brider cette part de lui, alors je l'avais laissé partir. À contrecœur, et avec un baiser très frustrant.

Il m'avait assuré que j'étais en sécurité à bord du vaisseau, que ses parois étaient impénétrables. Seuls les autres Chasseurs, ses amis venus d'Everis pour traquer et capturer les autres criminels évadés, pouvaient y entrer. Cela me rassurait, mais alors que je regardais par les fenêtres, je voyais mon monde. Mes chevaux étaient en train de paître, les abeilles bourdonnaient autour des fleurs sauvages. Tout semblait parfaitement banal et sûr. Les prairies familières. Les montagnes escarpées. Le ciel bleu pâle et les oiseaux qui y volaient.

Sûr, sans surprise, mais c'était une illusion. Le danger rôdait.

Le paysage m'était familier, et pourtant, il n'était plus totalement à moi. J'appartenais à Maddox, à présent. Et j'en étais contente. Oui, m'imaginer quitter la Terre était tétanisant. Tout comme l'idée de m'envoler sur ce vaisseau, de planer comme un aigle en regardant la terre s'éloigner. Je ne comprenais pas comment tout cela était possible, mais je ne doutais plus. Je ne comprenais pas non plus comment fonctionnait la baguette ReGen, mais elle n'en marchait pas moins pour autant, et je me demandais quels autres miracles j'allais découvrir dans le monde de Maddox.

Mais nous n'irions nulle part tant que Maddox n'aurait pas débarrassé le monde de Nero et qu'il n'aurait pas sauvé la vie de cette pauvre femme. Je ne me sentais pas coupable de souhaiter la mort de Nero. Il fallait simplement que je patiente, alors j'étudiais la carte qui était apparue sur le mur comme par magie. J'avais du mal à me concentrer alors que tout autour de moi était si nouveau, mais je savais comment lire une carte. Le fait qu'elle se trouve sur une surface lisse et pas sur un morceau de papier ne me découragerait pas.

Tout était étrange, sur ce vaisseau. Des voix sortaient des murs. L'eau sortait chaude du robinet, sans qu'il y ait besoin de pompe. Les cartes apparaissaient derrière du verre, pas sur du papier.

Je mis un moment à trouver mes repères sur la carte. Je suivis les contours des montagnes jusqu'à ce que je découvre le nord, puis le lit asséché de la rivière. La marque qui indiquait l'endroit où se trouvait Nero se trouvait assez loin du vaisseau, mais pas au point de me faire craindre que Maddox n'arrive pas à temps. Je craignais que Maddox se rende tout droit dans un piège, où il trouverait la mort.

Le point de rendez-vous était un ravin étroit, bordé de parois de pierres de chaque côté. Je m'y étais rendue une ou deux fois avec Charles, lorsque nous allions explorer les environs. Maddox n'avait qu'un moyen d'entrer dans ce ravin, par le sud, et il devrait faire demi-tour ou continuer vers le nord sur près de huit kilomètres avant de trouver un passage hors du canyon. Il n'avait aucun abri. Aucun arbre. Aucune protection. Il s'agissait forcément d'un piège. Je ne doutais pas du fait que Nero s'était servi de la femme comme appât, mais il comptait faire bien pire que tuer son otage. Il voulait également faire du mal à Maddox.

La peur me serra le cœur, fit transpirer mes paumes. Nero allait tuer mon compagnon. Ma marque palpitait alors que je pensais à lui. Je venais de le trouver, et je ne pouvais pas le laisser mourir. Il fallait que je le prévienne, que je le convainque d'appeler ses amis à la rescousse et d'attendre qu'ils lui viennent en aide. Il n'aurait pas dû partir seul.

Je regardai le mur de communication. Il était parti depuis moins d'une heure. J'arriverais peut-être à le joindre. À le faire changer d'avis.

Il y avait plein de boutons, des choses à presser et à toucher, et cette vision était décourageante. Je venais tout juste d'apprendre quels boutons presser pour allumer les lumières. J'apprenais tout juste à faire sortir de l'eau chaude du mur en agitant la main. À utiliser la chasse d'eau — c'était le terme qu'avait employé Maddox pour décrire le tourbillon d'eau qui disparaissait dans les canalisations.

Il avait dit qu'il pourrait entrer en contact avec les autres hommes, avec son commandant, Thorn. Je pourrais peut-être parler à Maddox, mais comment ?

J'appuyai sur les boutons et m'adressai au mur :

— Ohé ? Maddox ? Tu m'entends ?

Les lumières changèrent de couleur. Elles passèrent du bleu, au rouge, au vert. Cela aurait dû m'intriguer, mais rien de ce que je faisais ne faisait sortir la voix de Maddox du mur.

Je sursautai en entendant le même *bip-bip-bip* résonnant que tout à l'heure.

— Maddox ! m'écriai-je en posant les mains sur le panneau de communication noir. Maddox !

Rien.

Les bips retentirent à nouveau. Puis je me souvins que Maddox avait appuyé sur un bouton — celui-là — pour parler, puis écouter son correspondant.

— Maddox ? répétai-je.

— Thorn à l'appareil.

Bien qu'il ne s'agisse pas de Maddox, je poussai un soupir de soulagement en entendant ce nom familier. Je parlais à quelqu'un qui connaissait le vaisseau, qui connaissait Maddox et qui, je le savais, pourrait m'aider.

— C'est Cassie.

— Vous êtes seule ? Maddox a repris sa traque ?

Je hochai la tête face au mur, puis me souvins qu'il ne pouvait pas me voir.

— Oui.

— Très bien. Merci, Cassie. Je le contacterai directement.

— Non ! Attendez, répondis-je en tentant de garder mon calme. Il faut que je lui parle.

— Vous avez un problème ?

J'entendais une inquiétude sincère dans la voix de Thorn, mais je n'avais pas de temps à perdre.

— Non. Il faut que je parle à Maddox. Il va droit dans un piège.

— Dites-m'en plus.

— Nero… a communiqué avec le vaisseau. À travers le mur, comme vous en ce moment. Il a pris une femme en otage, et il lui fait du mal. Il s'est servi de cette femme pour attirer Maddox jusqu'à lui.

J'entendis Thorn pousser un flot de jurons.

— Maddox vous a revendiquée ?

Je poussai sur le mur et le regardai fixement.

— Pardon ?

— Maddox vous a-t-il revendiquée ? répéta-t-il.

— Cela ne vous regarde pas, dis-je avec un petit reniflement.

Il rit.

— Je vais envoyer Jace et Flynn au vaisseau, mais ils ne peuvent pas s'approcher de vous si vous n'êtes pas officiellement accouplée.

Je fronçai les sourcils et regardai ma paume.

— Pourquoi ?

— Maddox a beau être votre compagnon marqué, les

mâles everiens non accouplés peuvent sentir les femmes marquées. Ici, sur Terre, cela les affectera beaucoup, car nous sommes très loin de chez nous. Ils ne vous revendiqueraient pas, car vous appartenez à Maddox, mais ils auraient du mal à vous résister, et Maddox les tuerait probablement.

J'écarquillai les yeux. Je savais que notre lien était puissant, que Maddox était possessif, mais pas comme cela.

— C'est comme cela que Nero m'a trouvée ?

— Probablement. Il a dû sentir qu'une femme marquée se trouvait non loin, et cela a attisé sa curiosité. Il a beau être un connard cruel, son intérêt pour vous l'aurait distrait de ses projets pour attaquer Maddox.

— Il sait que je suis la compagne de Maddox, dis-je en me mordillant la lèvre. Nero l'a dit, quand il a parlé à travers le mur.

— Jace et Flynn vont regagner le vaisseau pour rester avec vous. J'irai aider Maddox. Ma localisation s'affiche sur votre écran en ce moment même. Vous pourrez suivre mes déplacements. Je dirai à Flynn et à Jace de s'enregistrer dans le traceur du vaisseau, eux aussi.

Fascinée, je vis un petit point bleu apparaître sur la carte, accompagné du nom de Thorn, et des chiffres que je ne connaissais pas. Je me demandais pourquoi Maddox n'avait pas fait de même.

Mais je connaissais la réponse. J'aurais été obsédée par ce petit point bleu pendant qu'il se déplacerait sur la carte, à m'inquiéter sans cesse.

Je pris une grande inspiration. Les renforts étaient en chemin…

— Vous êtes du mauvais côté de la chaîne de montagnes. Vous n'arriverez pas à le rejoindre à temps, dis-je.

— Envoyez-moi le point de rendez-vous sur mon unité de communication.

Je regardai la carte, puis tous les boutons.

— Je ne sais pas comment faire.

Thorn me donna des instructions, et je les suivis à la lettre. Quelques instants de silence suivirent le moment où je lui envoyai la carte, et j'entendis Thorn pousser des jurons.

— Quand Maddox doit-il retrouver Nero ?

— Nero lui a donné deux heures. Ensuite, il tuera la femme qu'il a prise en otage.

— Vous avez raison, Cassie. Je n'arriverai pas à temps. Et Jace et Flynn non plus. Mais Maddox est un excellent Chasseur, l'un des meilleurs. Tout ira bien pour lui.

— Non. Je ne peux pas le laisser faire cela tout seul. Je vais y aller. Je sais où se trouve Nero, je connais les lieux.

— Absolument pas. Je vous l'interdis.

Il me l'interdisait ?

— Je ne suis pas sous vos ordres, Thorn. Maddox se dirige tout droit vers un piège ! Il a besoin d'aide, et je suis la seule qui se trouve assez près.

— Vous n'avez pas les compétences nécessaires pour vaincre Nero. Vous n'avez pas les armes qu'il faut, et vous ne savez pas comment vous servir des nôtres.

— C'est là que vous faites erreur, dis-je.

L'excitation me submergea alors que je me souvenais du fusil que j'avais apporté avec moi. Au lieu de dire au revoir, je glissai ma main sur l'écran comme Maddox l'avait fait.

Thorn était en train de pousser des jurons quand je mis fin à la communication. Je me précipitai dans le couloir central et me dirigeai vers la chambre de Maddox. Là, sur le sol, se trouvait mon fusil. Des balles se trouvaient dans la poche profonde de la sacoche appuyée contre le mur. Je les ramassai, puis j'appuyai sur le bouton que Maddox avait pressé pour ouvrir la porte, et je sortis du vaisseau pour seller mon cheval.

14

M addox

Je descendis de cheval lorsque j'approchai du bâtiment rustique. J'activai mon détecteur rétinien alors que je me préparais à traquer Nero avec sérieux, à chercher des signatures thermiques, des signaux électriques, des choses qui m'indiqueraient l'emplacement de Nero. S'il avait une Cape de Chasseur, il pourrait se cacher, mais il ne pourrait pas dissimuler son otage.

— Merci, mon grand, dis-je en tapotant l'encolure de mon cheval.

Je n'attachai pas les rênes à la branche sèche et noueuse d'un arbre mort. Il n'y avait pas d'herbe à manger, pas d'eau. Si je ne revenais pas, je ne voulais pas que l'animal reste coincé ici à souffrir.

Et si je survivais, le retour jusqu'au vaisseau serait long, mais j'en étais capable, surtout que Cassie m'attendait. J'étais préparé.

Cassie. Le simple fait de penser son nom suffisait à faire chauffer ma marque. Cassie était si douce et sensible, son sexe serré, chaud et humide autour de mon membre. Après la revendication, je l'avais fait jouir encore et encore. Elle m'avait chevauchée comme sa jument, assise sur mes hanches pour que mon sexe l'emplisse complètement. J'avais pris ses seins en coupe alors qu'elle se levait et descendait, saisissant son plaisir. Je l'avais même prise contre le mur, par derrière, puis une autre fois, avec ses jambes enroulées autour de ma taille alors que j'embrassais ses cris. La table n'avait pas non plus été en reste, ni la baignoire. Cassie était aussi insatiable que moi.

Nous avions beau être aussi proches que deux personnes pouvaient l'être, la menace persistait. Nero nous préoccupait. Je savais qu'elle avait peur. Moi aussi, d'ailleurs. Mais je savais que sur l'*Aurore*, elle était en sécurité, que ce connard ne pourrait pas la toucher. C'était tout ce qui m'importait. Je n'arrivais pas à croire que je l'avais trouvée, et à présent que c'était fait, j'allais au combat en homme changé. Je ne capturerais pas Nero et ne le renverrais pas dans les mines d'Incar. Je l'abattrais, le tuerais une bonne fois pour toutes. Il n'aurait plus de prise sur moi, sur ma famille. Je vengerais la mort de Maddie, laisserais le passé derrière moi. Ensuite, je m'assurerais qu'il ne puisse pas affecter mon avenir. *Cassie.*

Cette fois, j'avais quelque chose à perdre.

Ma peur pour elle me serrait la poitrine alors que j'activais ma Cape de Chasseur et que je disparaissais, mon armure me rendant invisible à l'œil nu, indétectable par la plupart des capteurs. Je soupçonnais que Nero en avait une, lui aussi, ce qui me rendait d'autant plus motivé pour le trouver.

La Chasse. J'étais né pour ça. C'était pour cela que j'étais venu sur Terre. Avec nos Capes, le jeu s'était compliqué, une véritable épreuve pour nos sens, nos instincts qui devraient s'affronter. L'ennemi serait invisible.

Si Nero n'avait pas pris une terrienne en otage, j'aurais eu confiance en mes capacités à le vaincre. Mais elle serait ma faiblesse lors de cette bataille, et Nero le savait. C'était ce qu'il voulait : avoir l'avantage serait sa seule chance de gagner. Mais il ne gagnerait pas. C'était hors de question.

J'imaginais que cette femme mystérieuse avait les traits de ma sœur, car Nero prendrait plaisir à me torturer avec des souvenirs du cadavre de ma sœur. C'était bien son genre.

Je m'approchai de la cabane en silence, ma propre Cape me permettant de me fondre dans le paysage. Nero avait affirmé qu'il retenait la femme dans la maison faite de rondins de bois. D'après la carte, celle-ci se trouvait en hauteur, sur le pan d'un ravin escarpé. Malheureusement, il n'y avait qu'un seul chemin pour s'y rendre, et Nero savait que j'étais en route.

Un examen rapide de la cabane m'apprit que deux corps se déplaçaient à l'intérieur, leurs signatures thermiques rouge et orange bien visibles sur mes détecteurs rétiniens. L'un des corps était grand et clairement masculin, aussi massif que le mien, avec des épaules larges et des jambes épaisses. L'autre silhouette, la femme qu'il avait enlevée, était assise à une table, les mains jointes sur ses genoux. Elle devait avoir les poignets et les chevilles ligotés, incapable de se déplacer rapidement. Dans le pire des cas, Nero l'aurait même attachée à la chaise pour qu'elle ne puisse pas bouger du tout.

Lorsque je fus tout près de la porte d'entrée, Nero l'ouvrit et s'avança comme s'il pouvait sentir ma présence. Je me figeai, conscient qu'il ne pourrait pas me voir. Mais, comme moi, il était originaire d'Everis, un Chasseur, et je n'étais pas surpris qu'il perçoive ma présence.

Il ne semblait porter aucune armure, toujours habillé en humain. Il avait un pistolet à ions à la main, son canon pointé sur la femme assise à l'intérieur de la maison. Mais son regard était tourné vers le paysage magnifique, vers le soleil couchant, sans me voir. J'étais certain qu'il me cherchait.

— Je sais que tu es là, Maddox, lança-t-il, et sa voix résonna dans l'air. Je te sens.

Je ne répondis pas, et restai immobile pour ne pas faire le moindre bruit. Mes longues heures d'entraînement m'aidaient à calmer ma respiration jusqu'à ce que je n'absorbe qu'un petit filet d'air, et à apaiser les battements de mon cœur dans un rythme régulier et silencieux. Si j'avais été plus proche, il aurait pu l'entendre, car ses sens devaient être aussi aiguisés que les miens. Nous avions grandi ensemble, nous nous étions entraînés ensemble. Il poussa un soupir théâtral destiné à me mettre en colère, mais je n'étais pas un Chasseur débutant dominé par l'adrénaline et la fureur. J'étais assez vieux pour savoir quand bouger, et quand patienter.

— Maddox, montre-toi, ou je la tue. Un seul tir, droit dans le cœur.

Il tira une fois, dans la porte qui se trouvait dos à lui, son arme pointée vers le bas, simplement pour me prouver qu'il était sérieux. La femme qui se trouvait à l'intérieur poussa un hurlement apeuré. Je fus soulagé de l'entendre, car cela signifiait qu'elle était consciente, et peut-être même en mesure de s'échapper si je distrayais Nero.

Mais pas pour longtemps. Nero n'hésiterait pas à la tuer pour m'obliger à me révéler. C'était un psychopathe, et je devais prendre cela en compte. À contrecœur, je désactivai la fonction camouflage de ma Cape. Les couleurs changeantes de mon armure prirent une teinte imitant celle de la terre et des plantes qui se trouvaient à proximité. J'étais camouflé, à présent, pas invisible. Grâce à mon armure, je ne subirais pas beaucoup de dommages s'il me tirait dessus, mais son détecteur rétinien percevrait immédiatement ma présence.

— Relâche-la. C'est moi que tu veux, dis-je en faisant un pas vers lui.

Nero sourit et hocha la tête lorsqu'il m'aperçut, ravi.

— Te voilà, pile à l'heure. Elizabeth commençait à m'ennuyer.

— Qu'est-ce que tu veux, Nero ?

Je dévisageai mon ennemi. Quand nous étions petits, il était un peu plus massif que moi, mais après des mois de dur labeur dans les mines d'Incar, il était monstrueusement musclé, ses épaules plus larges que dans mes souvenirs. Il portait des vêtements humains, un pantalon marron avec une chemise quelconque, mais ses cheveux fadasses, autrefois blonds, avaient à présent la teinte jaunie des dents d'un vieil homme qui aurait passé des années à boire du thé noir. Ses traits avaient toujours été anguleux, un visage de prédateur, mais désormais, ses joues étaient creuses, ses yeux sortaient presque de leurs orbites, et ses lèvres étaient pâles et minces. Il semblait plus dur, plus mauvais que dans mes souvenirs, et plus dangereux.

Il me laissa l'examiner. Quand mon regard croisa de nouveau le sien, il prit la parole :

— Je veux ce que veulent tous les hommes. Me venger.

Il se tourna pour regarder par-dessus son épaule, et plia le doigt.

— Sors de là. Tout de suite.

Quelques instants plus tard, une femme sortit d'un pas hésitant. Ses yeux se posèrent partout autour d'elle, à l'affût, avant de se fixer sur moi. Ils étaient écarquillés par la peur. C'était une grande femme pour une terrienne. Là où Cassie aurait à peine atteint l'épaule de Nero, cette humaine n'avait pas besoin de lever la tête pour croiser le regard noir de Nero. Elle était sculpturale, ses bras et ses jambes longs et fins, mais musclés. Elle avait une posture féroce, comme j'en avais rarement vu chez une femme. Ses longs cheveux auburn étaient attachés dans une simple tresse qui lui retombait entre les omoplates. Même de là où je me tenais, je voyais ses doux yeux marron. Elle avait quelques taches de rousseur sur le nez ; elles contrastaient avec sa peau pâle.

Elle était pleine de courbes, pas fragile pour un sou. Ses seins et ses hanches étaient généreux sous sa robe bleu foncé. Des mèches de cheveux s'étaient échappées de sa tresse. Nero n'avait pas dû se montrer très doux avec elle, et elle avait la lèvre en sang. Mis à part cela, elle ne présentait aucune blessure. J'espérais qu'il n'avait pas abusé d'elle et qu'il ne lui avait pas infligé d'autres blessures imperceptibles à l'œil nu.

Ses mains étaient attachées devant elle avec un lien de cuir. Au lieu de rester les bras tombants, elle les tenait pressés contre son ventre, les frottant comme si elle avait mal. Je ne voyais pas de sang sur sa robe ou sur ses mains, aucune grimace de douleur sur son visage. Seulement de la peur, car Nero avait toujours préféré briser le mental des femmes avant de briser leur corps. Visiblement, elle en avait fait l'expérience.

Lorsqu'il pointa du doigt le sol à côté de lui, elle leva le menton, le défiant silencieusement, mais alla se placer là où il le lui avait indiqué. Elle ne pleurait pas, ne minaudait pas ; elle était très courageuse. Il la poussa en avant, une main brusque entre ses omoplates, la forçant à passer devant lui jusqu'à la balustrade qui servait à attacher les chevaux devant la cabane. La jeune femme trébucha, et il la rattrapa violemment par le bras pour la relever. Elle leva la tête vers moi, et je ne lus pas de peur dans ses yeux, seulement de la colère.

— Relâche-la, répétai-je.

Nero força la jeune femme à se mettre à genoux, son

pistolet à ions pressé contre sa tempe, et l'attacha à la balustrade comme s'il s'était agi d'un chien. Il resta là alors qu'il tournait de nouveau son attention vers moi, mais un sourire tordu lui soulevait la commissure des lèvres. Il était dans son élément. Narguer cette femme, me narguer moi, l'amusait.

— Enlève ton armure, Mad, et réglons ça à l'ancienne.

— Tu veux que l'on se batte sans armes ?

Je n'avais qu'une envie : traverser la courte distance qui nous séparait et l'achever. J'y aurais survécu, mais pas l'humaine. Ma colère bouillonna à la surface, et je serrai les dents pour éviter de dire une bêtise. Nero ne m'avait pas appelé Mad depuis des années, pas depuis que nous étions jeunes, que nous courions après les filles et les ennuis dans la propriété luxueuse de son père. Quand nous avions une dispute à régler, nous la résolvions avec nos poings, puis, quand nous avions mûri, nous étions passés aux combats à mains nues.

— Oui. Enlève ton armure et avance. Bats-toi contre moi. Ne sois pas lâche.

— Seul un lâche se servirait d'une femme comme bouclier, répliquai-je.

Nero avait deux saisons de plus que moi, et il avait toujours été un peu plus grand, plus fort, plus rapide. C'était un combattant vicieux et immoral, qui tapait sous la ceinture ou visait les yeux dès qu'il en avait l'occasion. Nos bagarres s'étaient toujours terminées en sang et par un séjour à l'infirmerie pour l'un ou l'autre d'entre nous, voire pour les deux, mais nous nous étions tous les deux délectés de la délivrance que nous apportait cette violence. J'avais aimé cette incertitude, le fait de ne pas savoir si je vaincrais ou si je finirais chez le médecin, avec des os cassés ou des entailles douloureuses.

J'avais huit étés quand j'avais réalisé que Nero aimait me

faire du mal. Mais son père avait siégé au conseil des Sept avec le mien, et tout le monde attendait de nous que nous respections certains... principes. Les fils des Sept n'avaient pas le droit de se montrer faibles. Nous ne pleurions pas. Nous nous battions.

Pendant des années.

Debout là, à tenter de trouver un moyen de sauver la femme agenouillée par terre, j'eus soudain le sentiment que je n'avais fait que me battre toute ma vie. J'étais las.

— Elle a rempli son rôle. Elle t'a attiré jusqu'ici, dit Nero.

Il éclata de rire, un son presque hystérique, et je sus que l'ami que j'avais connu avait complètement disparu. À sa place se tenait un fou.

— Si tu causes sa mort en refusant de m'affronter, ça te restera sur la conscience, poursuivit-il. Ton sens de l'honneur n'a cessé de t'affaiblir.

— Alors, montre-moi ta force, Nero. Arrête de te cacher derrière elle.

— Enlève ton armure, répéta-t-il.

— Pourquoi ?

— Parce que je veux te tuer à mains nues.

Face à mon hésitation, il prit la jeune femme par les cheveux et lui renversa la tête en arrière avec brusquerie.

— Lâchez-moi, espèce de malade ! s'exclama-t-elle en grimaçant.

Il éclata de rire et tira jusqu'à ce qu'elle hurle, de douleur, cette fois.

— Allons, Maddox. Enlève-la. Battons-nous comme quand nous étions petits.

Je pesai le pour et le contre. J'étais vif, mais lui aussi. Si je me lançais, j'arriverais à l'atteindre, mais pas avant qu'il tue l'humaine. Il n'avait pas besoin de son pistolet à ions pour cela, il lui suffisait de lui briser la nuque d'un geste du poignet. Si je battais en retraite, si je remettais ma Cape, il la torturerait et la tuerait lentement pour s'assurer que je l'entende crier.

— Si je l'enlève, comment être sûr que tu ne te contenteras pas de me tirer dessus et de la tuer quand même ? demandai-je.

Il plissa ses yeux noirs, son regard teinté d'une lueur de folie.

— Je le jure sur l'âme de Maddie, dit-il.

Je vis rouge. Rouge, la couleur du sang de Maddie. Ma colère m'arracha un grognement, mais il ne me quitta pas du regard. Il avait aimé ma sœur avec une obsession fanatique et malsaine.

— Pourquoi as-tu fait ça, Nero ? Tu aimais Maddie. Pourquoi l'avoir tuée ?

Il leva la main et arracha sa chemise. Les boutons du vêtement terrien atterrirent sur le sol. Il me montra sa main droite, et mon cœur rata un battement. *Non. C'est impossible.* Je refusais de croire ce qu'il sous-entendait.

Nero hochait déjà la tête.

— Si, Maddox. Elle était *à moi*. Ma compagne marquée. Nous étions liés, mais ton père a quand même refusé de reconnaître notre connexion. Elle m'a tout promis, puis elle m'a trahi.

Je songeai à Cassie, à mon besoin instinctif de la posséder, à l'obsession que j'avais pour sa saveur, son odeur, le son de ses cris alors qu'elle jouissait autour de mon membre, et je compris enfin ce qui avait poussé mon ami d'enfance vers la folie.

— Je l'ignorais, Nero.

Il siffla.

— Tout le monde l'ignorait. Ton père a forcé ta sœur à prêter serment, à renoncer à moi. Si nous avions officialisé notre lien, si nous nous étions accouplés officiellement, ton père aurait perdu son siège au conseil.

Tout ce que disait Nero était logique. Les membres de l'élite n'étaient pas censés allier deux familles si puissantes. La relation de Nero et Maddie aurait causé des troubles politiques, alors mon père avait fait ce qu'il faisait toujours, il avait pris les choses en main. Il était passé outre le lien sacré qui unissait les compagnons marqués.

L'idée que l'on puisse me refuser Cassie me rendait malade, mais je savais que je n'aurais pas été jusqu'à perdre tout sens moral. Être repoussé ne m'aurait pas transformé en tueur de sang-froid.

— Je suis désolé, mon vieux, mais rien n'excuse les meurtres que tu as commis. Ce que tu es devenu ?

— Enlève ton armure.

Il ne voulait pas entendre ce que j'avais à lui dire. Il ne pouvait pas se racheter.

Le moment était venu. Nero ne pouvait pas être sauvé, mais cette humaine, si.

Il me regarda enlever mon armure et me déshabiller. Bien vite, je fus seulement vêtu du pantalon gris léger conçu pour être porté sous l'armure de Chasseur. J'étais convaincu que dans l'esprit tordu de Nero, la promesse qu'il avait faite sur l'âme de ma sœur et l'amour malsain qu'il lui portait, le pousserait à ne pas me tirer dessus avec son pistolet. Quand j'eus terminé, je restai debout devant lui et attendis. Je gardais un souffle régulier, mais mon cœur tambourinait à cause de l'adrénaline qui me courait dans les veines, me préparant au combat à mort qui m'attendait.

— Avance de dix pas.

Je m'exécutai, et il lâcha immédiatement les cheveux de la jeune femme. Elle s'effondra par terre, et il jeta son pistolet à ions sur le sol. Il enleva sa chemise ouverte et se dirigea vers moi en la jetant par terre. Les pupilles de Nero étaient dilatées, son regard était rivé sur moi.

— Maddie était à moi, et ton père a tout gâché, gronda-t-il.

— Alors tu l'as tuée.

Je me crispai alors qu'il approchait, et je me mis sur la pointe des pieds, dans une pose de Chasseur. J'arrivais à le voir dans mon esprit. Ma sœur, bouleversée par les ordres de mon père, assise dans son fauteuil préféré près de la fenêtre, dans la maison de mes parents. Nero se faufilant à l'intérieur et se jetant à ses pieds. Et Maddie ? Elle avait été fougueuse, avec un côté sauvage et une langue affûtée.

— Pourquoi ? demandai-je.

Nero se trouvait face à moi à présent, avec la même posture que moi. À cette distance, je voyais la haine, la colère, le chagrin irradier de lui. Ces émotions souillaient l'air, tout comme elles le souillaient lui.

— Le jour où elle m'a dit qu'elle ne deviendrait jamais mienne, elle m'a d'abord baisé, Mad. Elle m'a baisé, a uni nos marques et m'a dit qu'elle voulait ressentir le véritable lien entre compagnons marqués avant d'être donnée à un autre.

Mon cœur se serra à ses mots, mais je le croyais. J'aimais ma sœur, mais elle avait toujours été obstinée. Elle et mon grand frère avaient tous les deux été éduqués dans l'idée que le devoir passait avant le plaisir. Si mon père l'avait promise à un autre, elle aurait honoré sa parole, quitte à renier son propre compagnon marqué. Mais elle aurait d'abord pris ce qu'elle pouvait. Y compris l'âme de Nero.

— Alors, tu veux détruire ma famille comme la mienne a détruit la tienne.

Il sourit alors, et leva les mains.

— Finissons-en maintenant.

J'étais tout à fait d'accord.

— Oui, finissons-en.

Nous nous allions nous affronter comme nous l'avions

fait enfants. Mais à présent, l'enjeu était bien plus grand. C'était un combat à mort. L'un d'entre nous tuerait l'autre sur cette planète lointaine. Il fallait simplement que je m'assure que j'en sortirais vainqueur, car je ne voulais pas que Cassie vive avec la souffrance qui avait déchiré le cœur de Nero, qui lui avait détruit l'âme.

Nos mains claquèrent les unes contre les autres alors que nous essayions de nous agripper par les poignets et par les bras. C'est Nero qui s'élança le premier, et sa tête, ses épaules me heurtèrent le ventre pour tenter de me renverser. Je me laissai tomber sur le dos et pivotai, le jetant par-dessus mon épaule. Il roula sur le sol et se mit à genoux. De la poussière et de minuscules cailloux étaient collés à sa peau en sueur. La colère luisait dans ses yeux alors qu'un sourire s'étalait sur son visage.

— Ça faisait longtemps. Tu as fait des progrès, dis-je.

Je me levai et me préparai à nouveau. Cette fois, quand il se jeta sur moi, je l'esquivai et le frappai à la mâchoire. Il recula et me tourna autour en se mâchonnant les lèvres.

— C'était un simple échauffement, répondit-il. Prêt ?

— Tu me tournes autour, Nero. Tu as peur, comme quand on était petits. Il n'y a pas d'infirmerie où trouver refuge, cette fois.

Je le provoquais, car la colère avait beau le motiver, elle l'aveuglait également. Quand ses émotions prenaient le dessus, il perdait les pédales. Je me souvenais qu'il voyait facilement rouge, même quand nous étions petits.

Il plissa les yeux, et leva de nouveau les mains.

Le véritable combat commença. Nous échangions des coups de pied et des coups de poing, frappions des endroits qui avaient été hors limites sur les terrains d'entraînement d'Everis. Mais nous nous trouvions à des millions de kilomètres de notre planète, et il n'y avait plus de règles. Coups de poing dans les reins, coups de pieds dans les genoux, coups à la gorge et coups à l'entrejambe, rien n'était trop brutal.

J'ignorais combien de temps s'était écoulé, mais des années de colère sortirent sous forme de coups de poing et de pied jusqu'à ce que nous soyons tous deux ensanglantés et essoufflés. Il tomba, je tombai. Il me donna des coups de poing en plein visage, et moi aussi. Nous rendions coup de pied pour coup de pied, coup de poing pour coup de poing. Jusqu'à cet instant, nous n'avions pas tenté de nous entretuer, mais de nous battre comme des égaux une dernière fois.

Mais quand je trébuchai sur une racine d'arbre et atterris sur les fesses, tout changea. Nero en profita pour me donner un coup de pied à la tête. J'avais eu beau tendre les mains en guise de bouclier, son coup avait été impitoyable. Ma tête fut projetée sur le côté, et ma vision se brouilla. Je m'étais mordu la langue, et le goût de rouille du sang m'emplit la bouche.

Ce coup de pied fut suivi d'un autre, qui me frappa avec force. Son pied botté s'écrasa sur ma mâchoire. Je tombai sur le dos et je me mis à quatre pattes avec difficulté ; j'avais le tournis, et je luttai pour ne pas perdre connaissance. Mon corps me faisait mal, et ma mâchoire me lançait, presque disloquée. De petites taches noires flottaient dans mon champ de vision.

Du coin de l'œil, je vis Nero s'éloigner de moi pour aller chercher son pistolet à ions. Il le ramassa et se dirigea vers moi alors que je me relevais et trébuchais. J'étais fichu.

Je ramassai des cailloux et me préparai à tenter le tout pour le tout. Si j'arrivais à l'aveugler, j'arriverais peut-être à bondir, à le distraire avant qu'il ne puisse appuyer sur la gâchette.

Il se tenait à deux pas de moi, son pistolet braqué sur ma tête. Nous étions tous les deux à bout de souffle.

— Adieu, Maddox. Quand tu verras Maddie, de l'autre côté, dis-lui que votre frère sera le prochain.

Je crachai un filet de sang et bondis vers l'avant, jetant les cailloux et la poussière sur son visage alors que je lui sautais dessus. Je lui passai les bras autour de la taille et il cria en appuyant sur la gâchette de son arme. Le tir fit exploser plusieurs rochers situés derrière moi au bord du canyon.

Je le poussai de toutes mes forces et tentai de le plaquer au sol, de le faire tomber. J'avais trop le tournis pour rester debout, mais si nous luttions au sol, j'avais mes chances.

Ses poings s'abattirent sur ma colonne vertébrale. Je rugis de douleur, mais continuai d'avancer pour le combattre.

Un coup de feu retentit, résonnant sur les parois de pierre du ravin. La jeune femme poussa un cri.

— Aaaaah !

Nero fut pris d'un spasme dans mes bras, mais je continuai de le pousser jusqu'à ce que, quelques secondes plus tard, un liquide chaud me coule sur le bras et l'épaule.

Un second tir, et les jambes de Nero cédèrent sous son poids. Sans résistance de sa part, je tombai en avant et nous nous écroulâmes par terre. J'atterris sur lui dans un bruit sourd.

Je me préparai à me battre, les bras autour de lui, mais son corps était tout mou, ses bras et ses jambes inertes.

Je levai la tête pour le regarder dans les yeux. Sa bouche était ouverte, ses yeux écarquillés, mais vides.

Il était mort.

La surprise m'engourdit et je me retournai en entendant un bruit de pas. Une vague d'adrénaline me fit bondir sur mes pieds et les bras levés, je vis ma compagne se diriger vers moi, son fusil pointé sur la tête de Nero.

Cassie

Voir Maddox lutter contre Nero était une scène fascinante. Ils étaient tous deux aussi doués l'un que l'autre, et au début, l'on aurait dit une danse. J'avais beau connaître leur passé, il était clair qu'ils s'étaient déjà battus ainsi, qu'ils connaissaient les compétences de l'autre. Ils semblaient presque s'amuser, comme s'il s'agissait d'une tradition malsaine. Enfin, jusqu'à ce que le véritable combat commence.

Alors que je sortais mon fusil de la sacoche, je sus que le combat était devenu plus sérieux. Leurs coups étaient plus intenses, pleins de colère, et ils se donnaient des coups de coude et même des coups de genoux. Maddox aurait réussi à se défendre, s'il n'avait pas trébuché. Quand je le vis tomber, que je vis le premier, puis le second coup de pied que lui donna Nero, je paniquai.

Les yeux de Maddox étaient comme flous. Il était blessé. Si je m'en rendais compte, alors Nero le réalisait sans doute aussi. Il en profiterait pour l'achever. Alors je pointai mon fusil sur lui et tirai. Nero s'était mis debout devant Maddox, et seul le haut de son corps était exposé. Si je tirais trop bas, je risquais de toucher Maddox à l'arrière du crâne.

Mais je n'avais pas raté mon coup. J'étais trop douée, et j'avais une bonne raison de viser correctement. J'étais obligée de prendre ce risque, si je ne voulais pas perdre Maddox pour toujours.

Alors je stabilisai mes bras sur un rocher, je visai, et je tirai. Une fois, deux fois. Le recul du fusil était puissant, mais familier. Avec Charles, j'avais tiré sur des boîtes, puis sur des lapins. J'avais fini par passer au plus gros gibier, que nous mangions ensuite.

Mais ce moment était déterminant pour moi. Maddox avait grandi et s'était battu avec Nero, et moi, j'avais grandi et avais appris à tirer avec Charles. Quand il était mort, j'étais devenue obsédée, m'étais mise à m'entraîner le plus souvent possible afin de surmonter ma peine. C'était mon passé qui avait sauvé Maddox, qui avait volé la vie de Nero aussi vite que le sang s'écoulait de ses plaies. Je me servais de mon passé pour assurer mon avenir.

Rien, *rien* ne me séparerait de mon compagnon.

— Cassie, dit Maddox, sa voix pleine de douleur et de surprise.

Il se leva, mais tituba sur ses jambes. J'allai me lancer à côté de lui et lui caressai la joue, mais il détourna la tête.

— Aide-la.

Je tournai mon regard vers la femme attachée à la balustrade. Je me levai et allai détacher le lien de cuir qui lui attachait le poignet.

— Bonjour. Je m'appelle Cassie. Nous ne vous ferons pas de mal. Vous êtes en sécurité, maintenant.

Une fois détachée, elle se mit rapidement debout et courut ramasser le pistolet qui était tombé de la main de Nero après que je lui aie tiré dessus.

— Cassie. Viens ici. Tout de suite, dit Maddox d'une voix basse et mesurée.

Je ne dis pas un mot alors que je reculais vers lui, sans quitter la femme des yeux. Elle était bien plus grande que moi, mais avait à peu près mon âge. Elle avait des cheveux auburn qui me rendirent immédiatement jalouse, et une peau pâle constellée de quelques taches de rousseur. Ses yeux étaient bruns et doux, écarquillés alors qu'elle tenait l'arme extraterrestre. Elle frotta son autre main sur sa jupe bleue comme si sa paume la grattait ou la brûlait. Je reconnaissais ce geste, car j'avais fait le même avant l'arrivée de Maddox.

Mon compagnon me passa un bras autour de la taille et me plaça derrière lui. Elle avait traversé une épreuve difficile, et je ne savais pas quoi faire ensuite.

— Nous ne vous ferons pas de mal, lui dit Maddox en tendant les mains devant lui.

— Il est mort, ajoutai-je. Vous êtes en sécurité, à présent.

Elle eut un petit rire en m'entendant, puis s'avança, le pistolet pointé sur la poitrine de Maddox.

— Je ne vous crois pas. Je sais ce que j'ai vu. J'ai vu votre paume.

Elle toucha l'épaule de Nero du pied, et ajouta :

— Et sa paume à lui. Je sais ce que vous êtes.

Je quittai l'abri que m'octroyait le corps de Maddox pour faire face à la jeune femme, sans prêter attention à mon compagnon, qui m'ordonnait de me cacher derrière lui.

— C'est vrai ?

Elle me regardait avec plus de curiosité que d'agressivité, et je me détendis en attendant des explications.

— Oui, dit-elle en reculant, mais sans cesser de viser Maddox, qu'elle avait l'intelligence de voir comme une menace plus grande que moi. Montrez-moi vos paumes.

Je levai les mains comme Maddox l'avait fait, et les épaules de la jeune femme s'affaissèrent presque de soulagement alors qu'elle frottait de plus belle sa propre paume sur sa jupe.

— Alors, il est à vous ? C'est votre compagnon marqué ?

— Oui. Il est à moi, répondis-je.

— Dieu merci, dit-elle en baissant son arme. Je suis désolée, mais j'ai fait des rêves complètement fous, vous n'avez pas idée.

— Vous êtes marquée, n'est-ce pas ? demandai-je avec un sourire.

Mon amusement se fana bien vite alors que je l'examinais. Les rêves que j'avais partagés avec Maddox avaient été érotiques et excitants. Chaque fois que j'y pensais, j'avais été emplie de désir, pas de peur et de colère. C'était pourtant ces émotions qu'elle semblait ressentir, et je peinais à assimiler la possibilité qui me passait à l'esprit. Je jetai un regard au corps inerte de Nero, puis la regardai à nouveau.

— C'était lui ? Votre compagnon marqué ?

Elle donna un coup de pied dans l'épaule du cadavre, pas avec force, mais avec mépris.

— Non. Mais j'aurais presque préféré.

Maddox prit une inspiration en entendant ses mots, et je tentai de l'apaiser.

— Je suis désolée, dis-je.

— Cela n'a pas d'importance. Je m'en vais. Et je prends votre cheval.

— D'accord. Elle s'appelle Cali, pour Californie. C'est une bonne jument, intelligente, et docile.

Je n'avais pas l'intention d'argumenter. Elle avait vécu un enfer, et je savais où Maddox avait laissé son hongre. Le chemin de retour vers le vaisseau serait lent, mais nous y arriverions. Et ensuite ? Je n'aurais plus du tout besoin de cheval. Je serais en route pour une autre planète.

Elle jeta un regard à Maddox.

— Merci de m'avoir sauvé la vie.

Il hocha la tête, les épaules en arrière alors qu'il luttait pour rester debout.

— Je vous en prie.

Nous la regardâmes monter ma jument pie et chevaucher vers l'est. Elle galopait à vive allure, mais je la comprenais.

Ce n'est qu'à ce moment que Maddox me prit dans ses bras et poussa un soupir. Il était chaud et solide, ses battements de cœur réguliers. Je lui pris la main et la soulevai pour voir sa marque, et je la collai à la mienne. Je sentais sa chaleur alors que notre lien se réveillait en brûlant.

— Je crois que je suis amoureuse de toi, murmurai-je.

Une vague d'amour et de satisfaction me submergea, emportant les horreurs que j'avais commises. Je venais de tuer un homme. Un assassin qui avait exécuté mon père adoptif, en effet, mais je ressentais tout de même du chagrin, le poids de la mort de Nero pesant sur mes épaules alors que je serrais Maddox contre moi. Je ne regrettais pas de l'avoir tué, car cela avait été nécessaire. Mais pour la première fois, je n'avais pas peur de quitter la Terre pour de bon, de quitter ma maison. C'était Maddox mon foyer, désormais. C'était à moi de l'aimer et de prendre soin de lui, et en cet instant, il avait vraiment besoin d'attention.

— Tu es blessé. J'ai apporté la baguette ReGen. Laisse-moi te soigner.

Maddox se raidit et quitta mes bras.

— Non. Pas ici. Pas à côté du cadavre de Nero, dit-il en regardant le corps sans vie. C'était mon ami, avant.

— Je sais, répondis-je en me mettant sur la pointe des pieds pour l'embrasser sur le menton. Je suis navrée, Maddox. J'ai tout entendu.

Il frémit et me regarda avec tendresse.

— J'en ai fini avec tout cela, Cassie. Une fois sur Everis, je travaillerai avec mon frère, je prendrai ma place dans la famille.

Il se pencha en avant et pressa son front contre le mien.

— Je n'ai plus de goût pour la Chasse.

Ensemble, nous traînâmes le corps de Nero jusqu'à la cabane abandonnée et nous y mîmes le feu. Je l'aidai à rassembler ses affaires, et nous rejoignîmes son cheval, qui, contre toute attente, se trouvait à seulement quelques mètres de l'endroit où Maddox l'avait laissé, occupé à paître.

15

De toutes les choses de l'*espace* que Maddox m'avait fait découvrir, c'était la baguette ReGen qui me réjouissait le plus. Debout à côté du cheval docile, je lui passai la baguette sur tout le corps, guérissant rapidement chaque ecchymose, chaque éraflure jusqu'à ce qu'il soit comme neuf.

Alors que je le soignais, il appuya sur le drôle d'appareil derrière son oreille — l'O-C, l'avait-il appelé — et contacta les autres Chasseurs.

— Ici Maddox. Flynn, à moins que Thorn ait achevé sa mission entre temps, tu as gagné ton pari.

Je n'arrivais pas à entendre la réponse des autres hommes, et j'en déduisis que leurs voix étaient directement transmises à l'oreille de Maddox. J'écoutai son côté de la conversation alors qu'il leur décrivait son combat et la femme que nous avions sauvée.

— Elle est marquée, et elle a connaissance de notre peuple. Elle a demandé à Cassie si nous étions liés, et elle a voulu voir nos paumes.

L'un des hommes avait dû répondre quelque chose, car Maddox éclata de rire.

— Oui, enfin, elle a dit que Nero n'était pas son compagnon, alors soit c'est la compagne de l'un des autres criminels, soit l'un d'entre vous a partagé des rêves avec elle.

Maddox informa ses amis que nous retournions au vaisseau pour nous reposer.

— Quand Cassie sera bien installée, je viendrai vous aider avec votre traque pour que nous puissions quitter cette planète et rentrer chez nous.

Les autres avaient dû refuser, car quand il mit fin à l'appel, Maddox me regarda avec un sourire.

— Nous sommes seuls, Cassie, et ils ont tous refusé mon aide.

Je le regardai d'un air hébété, sans savoir comment interpréter son sourire.

— Je ne comprends pas. Qu'est-ce que cela signifie ?

Il se mit debout et me prit dans ses bras.

— Ça veut dire que j'ai terminé. Nous resterons sur le vaisseau...

Il baissa la tête et ses lèvres effleurèrent les miennes alors qu'il reprit :

— ...où je pourrai te baiser et te goûter aussi souvent que j'en aurai envie jusqu'à leur retour.

Mon cœur s'emballa et mes tétons durcirent sous ma robe.

— Et cela prendra combien de temps ?

— Des semaines, peut-être.

Je souris.

— Alors, regagnons le vaisseau.

Nous chevauchâmes son hongre durant des heures, sans nous presser. J'étais assise sur les genoux de Maddox, et il oubliait fréquemment ses rênes pour m'embrasser ou explorer mon cou et mes seins durant de longues minutes.

Lorsque nous atteignîmes le vaisseau, je fus reconnaissante d'avoir une baignoire et de l'eau chaude instantanée pour la remplir. Nous nous débarrassâmes de nos vêtements sales et partageâmes la baignoire, prenant notre temps pour nous nettoyer l'un l'autre, nous débarrasser de la poussière et de la saleté. Je pris bien soin de laver mon compagnon, de le débarrasser de la sueur et du sang du combat jusqu'à ce que l'eau soit claire.

Durant tout ce temps, nous gardâmes le silence, nous parlant par le toucher, par des regards, par de douces caresses.

Mais quand Maddox eut terminé de me sécher et eut laissé tomber la serviette à mes pieds, il prit enfin la parole :

— Viens là, Cassie.

Depuis que j'avais collé ma marque à la sienne, je le désirais. J'avais besoin de lui avec une intensité qui n'avait fait que grandir à chaque minute. Mon sexe était mouillé d'impatience, et il n'y avait rien pour nous distraire.

— Oh, oui. Baise-moi, je t'en prie.

Je n'avais plus aucune pudeur avec lui. Je savais ce que je voulais, et je le lui demanderais. Je l'exigerais, même.

Maddox me sourit lentement et passa le dos de ses doigts sur ma joue.

— Quelle impatience. Ce n'est pas de cela que je parlais.

Je fronçai les sourcils.

— Tu ne veux pas...

— Oh, si, j'ai envie de toi, m'interrompit-il. Et je vais te prendre, mais pas tout de suite. D'abord, tu dois être punie.

Il me prit par la main et me fit sortir de la salle de bains, le long d'un couloir, jusqu'à sa chambre — notre chambre. Je résistai à chaque pas, mais il était possible que j'aie collé ma marque à la sienne exprès pour l'aider dans son entreprise, car je ne pouvais rien lui refuser lorsque nos marques se touchaient.

— Punie ? répétai-je.

La porte se referma silencieusement derrière moi. En attendant le retour des autres hommes, nous étions seuls sur le vaisseau, mais je souhaitais tout de même bénéficier de l'intimité que nous octroyait la porte close.

— Tu as quitté le vaisseau, dit-il.

Je hochai la tête.

— Oui, parce que Nero t'avait tendu un piège.

Maddox me passa une main autour du cou.

— Oui, j'en étais conscient. La carte des environs le montrait clairement.

— Tu n'as jamais dit être conscient du danger. Après avoir étudié la carte, j'ai compris ce qu'avait prévu Nero. Les autres hommes ont appelé et ont dit qu'ils t'aideraient, mais ils n'étaient pas assez près. Je ne pouvais pas te laisser mourir.

De sa main libre, il me leva le menton pour que je regarde ses yeux, pas son torse nu.

— À l'instant où tu es sortie du vaisseau, tu t'es mise en danger. Non seulement Nero était une menace pour toi, mais les autres criminels évadés aussi. Ils courent toujours. Ta marque a beau ne plus attirer les mâles non accouplés, s'ils te trouvaient, ils pourraient t'utiliser pour parvenir à leurs fins.

Je plissai les yeux.

— Alors tu aurais préféré affronter Nero seul, quitte à mourir ?

— Si cela pouvait te garder en sécurité, oui ! Je ne pourrais pas me supporter si quelque chose t'arrivait. Ma vie n'est rien, Cassie. Tu es ma seule priorité.

Il me lâcha et fit les cent pas devant le lit.

— Et moi, je ne pourrais pas me supporter si quelque chose t'arrivait, rétorquai-je en croisant les mains sur ma poitrine.

Je réalisai que j'étais nue, j'attrapai un drap sur le lit et m'enveloppai dedans.

— Je ne suis pas partie sans protection, repris-je. J'étais armée.

— Armée d'un fusil contre des pistolets à ions ? Tu as vu l'arme de Nero. Ses munitions auraient pu durer deux années terriennes.

— En effet. Et à présent, c'est cette femme, Elizabeth, qui est en sa possession.

— Cette femme n'est pas mon problème. Mais toi, si. Et tu as quitté le vaisseau alors que je t'avais dit de rester là.

— Mais j'ai tiré sur Nero avec mon arme primitive. Je t'ai sauvé !

— Oui, et nous avons eu de la chance. Cette fois-ci. Mais à l'avenir ? Comptes-tu toujours agir sans réfléchir ? Nous allons nous rendre sur une planète dont tu ignores tous les dangers susceptibles de te menacer.

— Oui ! Exactement. C'est toi qui étais sur une planète dont tu ignorais tous les dangers susceptibles de te menacer. Ne devrais-tu pas être puni pour tes agissements ?

Maddox poussa un soupir.

— C'est différent, Cassie. J'ai des compétences, une armure, un entraînement et de nombreuses façons de me protéger, de te protéger. Je *refuse* que tu te remettes en danger. Et puis, tu n'es peut-être plus toute seule. Je t'ai prise encore et encore, Cassie. Tu attends probablement un enfant.

Je n'avais pas songé à cette possibilité. Durant mon mariage avec Charles, je n'avais jamais conçu, et j'avais cru être infertile. Je secouai la tête.

— Non. C'est impossible.

— Parce que ça ne t'est encore jamais arrivé ?

Je ne pus que hocher la tête, le cœur serré de savoir que Maddox n'aurait jamais d'enfant à lui.

— Et pourquoi, à ton avis ? me demanda-t-il avec douceur.

— Parce que je... je suis infertile. Stérile.

Il secoua la tête.

— Non, dit-il avec véhémence. Parce que Charles n'était pas ton compagnon marqué. Tu m'as dit que coucher avec lui était différent. Notre lien, notre connexion, sont puissants. Tu m'attendais, et ton corps aussi. Les compagnons marqués d'Everis engendrent de nombreux enfants. De nombreux couples qui décident de se lier pour la vie sans la compatibilité des marques ne conçoivent jamais.

Une goutte d'espoir roula sur le mur de déception que j'avais porté durant des années. Je n'avais pas pensé à un enfant à moi depuis si longtemps, mais c'était une chose que j'avais toujours désirée.

— Tu as risqué ta vie, et la vie de notre enfant à naître.

— Je ne suis pas encore enceinte.

Ses yeux s'adoucirent.

— Alors je ferais bien d'y remédier.

Je n'osai pas répondre, car il était plein d'espoir. Je voulais partager cet espoir, mais j'avais mis des années à me faire à l'idée que c'était futile. Mais il avait peut-être raison. Seul le temps nous le dirait.

— Nous verrons bien, dit-il comme s'il lisait dans mes pensées. En attendant, tu seras punie pour que tu ne te mettes plus jamais en danger.

— Punie comment ? Tu ne vas pas me battre, si ?

Maddox soupira, et son regard passa de passionné à tendre en un instant.

— Te battre ? Cassie, jamais je ne te ferais du mal. Personne ne te touchera ou ne te blessera. Tu ne vois donc pas ? Tout ce que je veux, c'est te garder en sécurité.

— Alors que vas-tu faire ? murmurai-je.

— Je vais te fesser, mais vu comme tu aimes ça, je doute que ce soit véritablement une punition.

Je restai bouche bée, et mes tétons se dressèrent à l'idée que la paume de Maddox s'écrase sur mes fesses.

— Oui, je vois à ta tête qu'il ne s'agit absolument pas d'une punition, ajouta-t-il.

Maddox se laissa tomber sur le bord du lit et se tapota les cuisses.

— Viens. Finissons-en, pour que je puisse te baiser. Tu veux sentir ma queue en toi, n'est-ce pas, Cassie ?

Je me léchai les lèvres et hochai la tête, car c'était effectivement ce que je voulais. Je voulais sa queue. Je fis quelques pas en avant et vins me placer entre ses genoux écartés en laissant tomber le drap au sol.

Son regard se fit ardent alors qu'il parcourait mon corps. Il m'effleura le sein du dos des doigts.

— Tu es tellement belle, dit-il avec révérence.

Il me passa une main autour de la taille et m'allongea sur genoux. Alors que je laissais échapper un petit cri de surprise, il m'installa de façon à ce que le haut de mon corps soit sur le lit à côté de lui, le bas de mon corps relevé pour que mes orteils ne puissent pas toucher le sol. Il passa l'une de ses jambes au-dessus de mes mollets, me maintenant en place.

D'une main, il me caressa les fesses, et je sentis sa marque, sa chaleur, le lien que nous partagions créer une traînée de désir dans son sillage. Ensuite, la chaleur disparut, mais seulement durant une seconde avant que sa main s'écrase dans un claquement qui fendit l'air. Je l'entendis avant de sentir la brûlure. Je haletai de plaisir, pas de douleur. D'une façon ou d'une autre, sa marque faisait monter mon excitation à chaque claque. Il les fit pleuvoir les unes après les autres, couvrant à chaque fois une nouvelle zone de mes fesses jusqu'à ce que toute ma chair soit brûlante et probablement toute rouge.

Je ne cherchais pas à me libérer, mais plutôt à frotter mon clitoris douloureux contre sa cuisse ferme pour essayer de me soulager.

— Maddox ! m'écriai-je.

Sa paume s'abattait avec de plus en plus d'intensité.

— Tu vas jouir, n'est-ce pas ? demanda-t-il en immobilisant sa main.

Cette idée me fit frissonner.

— Oui, s'il te plaît ! le suppliai-je. Encore.

Sa jambe bougea pour libérer la mienne, et mes cuisses se séparèrent juste assez pour que ses doigts puissent se glisser entre elles. Je gémis alors, car ses doigts sur mon sexe humide étaient si doux que je craignais de l'avoir imaginé.

— Tellement mouillée, dit-il en portant ses doigts à sa bouche.

Je l'entendis les lécher, les sucer, et je gémis. Je sentais son sexe contre ma hanche, dur et épais. Il avait autant envie de moi que j'avais envie de lui.

— Je vais devoir trouver une nouvelle punition pour toi. Peut-être ne te laisserai-je pas jouir.

Je me redressai brusquement, et il me prit par la taille, me tirant vers le bas pour que je lui fasse face, à cheval sur ses genoux. Je chassai les mèches qui me tombaient sur le visage et regardai son expression perplexe.

— Quoi ? demandai-je. Tu ne peux pas faire ça !

J'étais si proche de l'orgasme, si impatiente, que je bougeai les hanches pour tenter de me frotter à lui. Une main sur ma hanche, il me tira vers lui de façon à ce que mon clitoris frotte contre son membre. Nous poussâmes tous les deux une exclamation.

— Pas cette fois, mais c'est un avertissement, Cassie. Ta sécurité est d'une importance capitale. Je suis un homme possessif et protecteur. Quand tu l'auras compris, tu sauras que je suis sérieux. Je te refuserai ton plaisir si tu risques à nouveau ta vie. Même si tu te casses simplement un ongle.

Ses mots étaient adoucis par la tendresse avec laquelle il me ramena les cheveux derrière l'oreille.

Il posa de nouveau ses mains sur mes hanches et me souleva, me déplaça de manière à ce que son sexe soit pressé contre mon entrée.

— Maintenant, le moment est venu de te baiser.

Il m'enfonça sur lui, lentement, mais avec force. Mon corps s'étira et s'ouvrit pour lui.

Je poussai un cri lorsqu'il m'emplit complètement, mes parois intérieures le trayant alors que je jouissais. J'avais été si impatiente, si prête pour son membre que cela avait suffi à me faire basculer.

Maddox me murmura des mots sombres et charnels alors que le plaisir me consumait.

Une si bonne fille. Tellement avide de ma queue. Tu en as besoin, n'est-ce pas ? Que je t'emplisse ? Ma semence te marque comme mienne. Oui, chevauche ma queue. Comme ça. J'aime voir tes seins rebondir, tes petits tétons durcir.

Je repris mon souffle et posai mon front contre son torse en sueur, le humai. Son odeur familière m'apaisait. J'avais cru que la pension de famille était chez moi, mais j'avais eu tort. *Chez moi*, ce n'était ni un lieu ni une planète. C'était une personne. Pour moi, c'était Maddox. Où qu'il soit, je voulais être à ses côtés. Je me fichais de savoir si c'était sur Terre, sur Everis ou même sur la lune. Quand j'étais avec lui, quand il était au fond de moi, j'étais exactement là où je voulais être.

— Nous n'avons pas terminé, Cassie.

Avec une aisance qui prouvait à quel point il était fort et puissant, il me fit rouler sur le dos pour se placer au-dessus de moi. Il me souleva une fois, deux fois pour que ma tête repose sur l'oreiller. J'étais trop rassasiée pour lutter, et savoir qu'il n'avait pas encore joui, qu'il me baiserait encore, me poussa à être docile.

Il me prit les mains et me les souleva au-dessus de la tête.

— Tu es pile là où je veux que tu sois.

Maddox

Je n'avais jamais imaginé trouver ma compagne marquée. Je n'avais jamais pensé être assez chanceux pour cela. Mais ma marque avait pris vie au moment où je m'y attendais le moins, sur une planète dont je connaissais à peine l'existence. Et ma vie avait changé en un instant. Le désir frénétique que j'éprouvais pour elle, mon besoin de la revendiquer, de la protéger et de la posséder avait guidé chacune de mes actions. J'avais mis Nero de côté pour la retrouver. Je l'avais faite mienne, l'avais revendiquée en plaquant nos marques l'une contre l'autre, en déversant profondément ma semence en elle.

Mais je n'aurais jamais imaginé me sentir aussi possessif et protecteur. J'avais cru qu'elle serait en sécurité sur le vaisseau, mais elle n'était pas du genre à rester assise sans rien faire. Quand Nero était tombé raide mort et que je l'avais vue approcher, j'avais été à la fois soulagé et pétrifié. Elle avait risqué sa vie, et la peur que cela me causait était insupportable. J'avais l'impression qu'un couteau pointu et tranchant me transperçait. Je la protégerais, je la garderais en sécurité. Mais les seuls moments où je pouvais avoir la certitude qu'elle était hors de danger, c'était quand elle était dans mes bras, que je la baisais, que je m'enfonçais profondément en elle et que j'entendais son plaisir, certain qu'elle ne penserait jamais à un autre homme. Mais cela ne semblait pas me suffire. J'avais besoin de savoir qu'elle ne pouvait pas s'échapper, j'avais besoin de savoir qu'elle était là, en sécurité, et qu'elle ne pouvait pas me quitter.

L'idée de l'attacher au lit, de lui maintenir les poignets afin qu'elle ne puisse pas s'en aller apaisait quelque chose au fond de moi. Quand le besoin de jouir me fit perdre la tête, quand je me mis à réfléchir avec mon sexe, je sus qu'elle ne m'abandonnerait jamais.

Alors je l'attachai, je lui levai les mains au-dessus de la tête et les fixai au lit avec les liens habituellement réservés à l'arrestation de criminels. Ils se resserrèrent automatiquement autour de ses poignets, la maintenant fermement, mais sans causer de douleur.

Elle haleta lorsque le dispositif s'enroula autour d'elle, et elle tira sur le lien pour le tester. Elle tira une fois, puis deux alors que je la regardais, mon membre toujours profondément enfoui en elle.

— Tu es à ma merci, compagne.

Elle ferma les yeux avec un gémissement alors que son sexe se refermait sur mon érection comme un poing.

Cette façon d'utiliser les liens me plaisait beaucoup, et jamais plus je ne les verrais du même œil, même autour des poignets d'un criminel.

— Ça te plaît, n'est-ce pas ?

Je profitai d'avoir les mains libres pour explorer son corps alors que j'ondulais des hanches, plongeant profondément en elle avant de me retirer. Je testai plusieurs angles différents jusqu'à trouver celui qui lui fit ouvrir de grands yeux et trembler de surprise.

Elle aimait que ce soit brusque, ma petite compagne sauvage, et je me faisais un plaisir de lui donner ce dont elle avait besoin. Je l'avais punie — bien que cela l'ait menée droit vers l'orgasme —, mais d'une manière qu'elle n'avait pas du tout perçue comme une punition. Puis je l'avais chevauchée avec force. J'étais essoufflé, et de la sueur me coulait sur la tempe.

— Tu veux jouir ?

— Oui.

Elle agita ses cheveux d'un côté, puis de l'autre, et se passa la langue sur les lèvres tout en tentant de serrer les jambes autour de mes hanches afin de me forcer à la pénétrer plus fort.

Ma revendication était aussi sauvage que son désir. Nous avions été confrontés à la mort, aujourd'hui, et à présent, je savais exactement ce qu'elle voulait, ni réfléchir, ni se souvenir, ni se demander si elle avait bien agi, mais ressentir.

Plus tard, elle serait douce et tendre. Mais en cet instant, je lui donnais ce dont elle avait besoin, ce dont j'avais besoin, pour apaiser non seulement mon corps, mais mes putains de démons intérieurs qui craignaient qu'elle me soit arrachée pour toujours. Elle était sous mon corps, attachée au lit, à ma merci.

— Maddox ! s'écria-t-elle en tirant sur ses liens quand je ne la laissai pas jouir.

J'admirai son beau visage tout rose alors qu'elle m'implorait. Je n'avais jamais rien vu d'aussi beau. Ses liens ne céderaient pas, pas avant que je la libère.

Je lui souris et commençai à tracer un chemin de baisers le long de son corps, m'arrêtant pour lui lécher un mamelon, puis l'autre, jusqu'à ce qu'ils soient rouges, brillants et durs.

Lorsque je descendis plus bas, mon sexe s'échappa de son fourreau, puis je lui écartai les cuisses avec mes épaules et je m'y glissai. Son sexe était parfait. Des boucles blond pâle, si douces sous mes doigts, encadraient sa chatte rose. Ses replis étaient gonflés et mouillés, et ma bite se contracta contre le lit, frustrée de ne plus être enfouie au fond d'elle. Mais je la voulais à ma merci. Je voulais l'entendre mendier, l'entendre crier, lorsque je la goûtais. Je voulais qu'elle soit à ma merci, qu'elle se tortille et fasse onduler ses hanches, qu'elle se presse contre moi. Je voulais écarter ses petites lèvres et regarder ses parois intérieures palpiter et se contracter sous l'orgasme.

Je la caressai avec ma bouche, la suçai et la léchai, la pénétrai de mes doigts jusqu'à ce qu'elle soit au bord de la jouissance. C'est à ce moment-là que je reculai et que je me servis de mes pouces pour écarter les replis roses de son sexe. Je tirai légèrement dessus, l'étirant pour l'ouvrir, puis je caressai son clitoris encore et encore jusqu'à ce qu'elle hurle son orgasme.

La vue de son intimité rose foncé qui se contractait de plaisir était comme de la lave dans mon sang, me brûlant jusqu'à me faire exploser. Je ne pouvais plus attendre, et je m'allongeai sur elle. Elle ouvrit lentement les yeux pour me regarder. Elle était parfaite. Et lorsque je m'enfonçai de nouveau en elle, dans son sexe humide, chaud et empli de désir pour moi, je sus que c'était là que je voulais être. Sur elle. En elle.

Elle était à moi.

Alors je me mis à bouger, laissai mon sexe me gouverner. Je n'étais pas tendre, mais ce n'était pas ce que voulait Cassie. Elle était aussi sauvage que moi. Peut-être aimait-elle même être attachée au lit tout autant que j'aimais la voir ainsi. Elle pouvait lâcher prise, me laisser maître de tous ses soucis, de tous ses besoins.

S'en remettre totalement à son compagnon marqué.

— Tu es à moi, grognai-je avec un coup de reins puissant.

— Oui, à toi, murmura-t-elle en se cambrant et en gémissant alors que j'ondulais des hanches.

J'essayais de retenir ce qui lui faisait plaisir pour le reproduire, encore et encore.

— Maddox ! s'exclama-t-elle.

C'était le plus beau son de l'univers.

Je me plaçai sur mes avant-bras et l'embrassai, puis j'avalai ses sons de plaisir alors qu'elle jouissait. Ses parois intérieures trayaient mon membre comme si son corps était désireux d'attirer ma semence plus profondément en elle, de créer une vie.

Un bébé.

Cette simple idée me contracta les bourses, et mon orgasme jaillit encore et encore alors que je poussais un gémissement guttural. La joie pure que m'apportait son corps était aveuglante.

Son orgasme continuait de l'affecter, son corps continuant de se contracter et de se tortiller pendant que je l'emplissais. J'étais perdu et pourtant, avec Cassie, j'avais été trouvé. J'étais chez moi.

ÉPILOGUE

*assie*

Maddox et moi étions blottis l'un contre l'autre dans le lit à regarder des acteurs, pas sur une scène, mais des acteurs enregistrés et placés sur l'écran de notre chambre. L'histoire parlait d'un homme courageux devenu orphelin, qui gravissait les échelons jusqu'à faire partie des guerriers d'élite d'Everis, et qui tombait amoureux d'une compagne marquée magnifique.

C'était exaltant, un mélange d'aventure et de romance, et Maddox me montra les décors en m'expliquant ce que je voyais. Son monde. Everis. Le ciel avait une jolie teinte pâle qui passait du violet au bleu ; d'après Maddox, les couleurs alternaient en fonction de la température et de la saison. Les arbres étaient immenses, comme devaient l'être les séquoias géants californiens. J'étais impatiente de voir son monde de mes yeux.

Bip-bip-bip

Maddox poussa un soupir et se leva du lit pour répondre à l'appel. Nous n'avions pas eu de nouvelles des autres

Chasseurs depuis que Maddox les avait avertis que Nero était mort.

— Ici Maddox.

— Par le Divin, Maddox. J'ai un problème.

— Thorn ?

Maddox fronça les sourcils et je m'assis, tirant le drap sur ma poitrine pour couvrir ma nudité. Thorn n'avait pas la même voix que d'habitude. Je ne l'avais entendu qu'une ou deux fois, mais il m'avait toujours semblé très calme et posé. À présent, il semblait épuisé, dans tous ses états.

— Oui. J'ai dû mettre ma traque de côté.

— Pourquoi ? Vous êtes blessé ? Vous avez besoin d'aide ?

Thorn poussa un soupir, long et torturé.

— Non, pas pour ça. Ma marque, Maddox. J'ai du mal à y croire, mais...

Le froncement de sourcils de Maddox se transforma en sourire complice, et je penchai la tête de côté, étonnée que le trouble de son ami l'amuse.

— Laissez-moi deviner, dit Maddox. Votre marque est en feu, et vous avez rêvé d'une grande et belle femme avec des cheveux auburn et des yeux marron.

Thorn poussa un juron.

— Oui. Comment l'avez-vous su ? Vous l'avez vue ? Où est-elle ?

À présent, je souriais, moi aussi. Elizabeth. Maddox parlait de la femme que nous avions sauvée de Nero, la femme qui savait ce qu'elle était, ce que Maddox était. Un extraterrestre.

Maddox sourit.

— Elle s'appelle Elizabeth. Elle a pris la jument de Cassie et a chevauché vers l'est après mon combat avec Nero. C'est tout ce que je peux vous dire, Commandant.

— Pourquoi suis-je incapable de la trouver ? C'est

comme si elle savait que j'arrivais.

Je riais, à présent, et je ne pus m'empêcher de taquiner le féroce guerrier :

— C'est parce qu'elle le sait bel et bien. Elle est au courant, pour les marques.

— Et elle ne veut rien avoir à faire avec vous, ajouta Maddox.

— Mais c'est ma compagne ! Si elle sait pour les marques, si la sienne s'est réveillée, elle devrait se précipiter vers moi, pas me fuir.

— Nero ne lui a pas donné une très bonne opinion des hommes everiens.

— Elle ne peut pas me comparer à Nero. C'était un psychopathe. Merde !

Le juron de Thorn nous fit sourire tous les deux.

— Elle nie la vérité, dit Maddox.

— Elle peut nier autant qu'elle veut, grommela Thorn. Mais elle est à moi.

Je reconnaissais le même ton possessif que celui qu'avait employé Maddox quand il parlait de moi.

— Alors, elle se cache de moi ?

Thorn semblait triste et frustré. Je commençais à comprendre que les hommes d'Everis étaient irrationnels avant de revendiquer leur compagne marquée. Cela avait été le cas de Maddox, et c'était désormais au tour de Thorn.

Je ris.

— Je suis navrée, Thorn. Mais oui. Je pense qu'elle vous fuit.

Maddox ne put s'empêcher d'ajouter un avertissement :

— Elle est partie à cheval avec le pistolet à ions de Nero. Non seulement elle se cache, mais elle est armée.

— Ma compagne marquée est armée et me fuit, grogna Thorn. Quand je la trouverai, que fera-t-elle en premier, à votre avis ? Me baiser, ou me tirer dessus ?

CONTENU SUPPLÉMENTAIRE

Pas d'inquiétude, les héros de la Programme des Épouses Interstellaires reviennent bientôt ! Et devinez quoi ? Voici un petit bonus rien que pour vous. Inscrivez-vous à ma liste de diffusion; un bonus spécial réservé à mes abonnés pour chaque livre de la série Programme des Épouses Interstellaires vous attend. En vous inscrivant, vous serez aussi informée dès la sortie de mes prochains romans (et vous recevrez un livre en cadeau... waouh !)

Comme toujours... merci d'apprécier mes livres.

http://gracegoodwin.com/bulletin-francais/

LE TEST DES MARIÉES
PROGRAMME DES ÉPOUSES INTERSTELLAIRES

VOTRE compagnon n'est pas loin. Faites le test aujourd'hui et découvrez votre partenaire idéal. Êtes-vous prête pour un (ou deux) compagnons extraterrestres sexy ?

PARTICIPEZ DÈS MAINTENANT !

programmedesepousesinterstellaires.com

BULLETIN FRANÇAISE

REJOIGNEZ MA LISTE DE CONTACTS POUR ÊTRE DANS LES PREMIERS A CONNAÎTRE LES NOUVELLES SORTIES, OBTENIR DES TARIFS PREFERENTIELS ET DES EXTRAITS

http://gracegoodwin.com/bulletin-francais/

OUVRAGES DE GRACE GOODWIN

Programme des Épouses Interstellaires

Domptée par Ses Partenaires

Son Partenaire Particulier

Possédée par ses partenaires

Accouplée aux guerriers

Prise par ses partenaires

Accouplée à la bête

Accouplée aux Vikens

Apprivoisée par la Bête

L'Enfant Secret de son Partenaire

La Fièvre d'Accouplement

Ses partenaires Viken

Combattre pour leur partenaire

Ses Partenaires de Rogue

Possédée par les Vikens

L'Epouse des Commandants

Une Femme Pour Deux

Traquée

Emprise Viken

Rebelle et Voyou

Programme des Épouses Interstellaires:
La Colonie

Soumise aux Cyborgs

Accouplée aux Cyborgs

Séduction Cyborg

Sa Bête Cyborg

Fièvre Cyborg

Cyborg Rebelle

La Colonie Coffret 1 (Tomes 1 - 3)

La Colonie Coffret 2 (Tomes 4 - 6)

L'Enfant Cyborg Illégitime

ALSO BY GRACE GOODWIN

Interstellar Brides® Program: The Beasts
Bachelor Beast

Interstellar Brides® Program
Assigned a Mate
Mated to the Warriors
Claimed by Her Mates
Taken by Her Mates
Mated to the Beast
Mastered by Her Mates
Tamed by the Beast
Mated to the Vikens
Her Mate's Secret Baby
Mating Fever
Her Viken Mates
Fighting For Their Mate
Her Rogue Mates
Claimed By The Vikens
The Commanders' Mate
Matched and Mated
Hunted
Viken Command
The Rebel and the Rogue

Interstellar Brides® Program: The Colony

Surrender to the Cyborgs

Mated to the Cyborgs

Cyborg Seduction

Her Cyborg Beast

Cyborg Fever

Rogue Cyborg

Cyborg's Secret Baby

Her Cyborg Warriors

The Colony Boxed Set 1

Interstellar Brides® Program: The Virgins

The Alien's Mate

His Virgin Mate

Claiming His Virgin

His Virgin Bride

His Virgin Princess

The Virgins - Complete Boxed Set

Interstellar Brides® Program: Ascension Saga

Ascension Saga, book 1

Ascension Saga, book 2

Ascension Saga, book 3

Trinity: Ascension Saga - Volume 1

Ascension Saga, book 4

Ascension Saga, book 5

Ascension Saga, book 6

Faith: Ascension Saga - Volume 2

Ascension Saga, book 7

Ascension Saga, book 8

Ascension Saga, book 9

Destiny: Ascension Saga - Volume 3

Other Books

Their Conquered Bride

Wild Wolf Claiming: A Howl's Romance

CONTACTER GRACE GOODWIN

Vous pouvez contacter Grace Goodwin via son site internet, sa page Facebook, son compte Twitter, et son profil Goodreads via les liens suivants :

Abonnez-vous à ma liste de lecteurs VIP français ici :
bit.ly/GraceGoodwinFrance

Web :
https://gracegoodwin.com

Facebook :
https://www.visagebook.com/profile.php?id=100011365683986

Twitter :
https://twitter.com/luvgracegoodwin

Goodreads :
https://www.goodreads.com/author/show/15037285.Grace_Goodwin

Vous souhaitez rejoindre mon Équipe de Science-Fiction pas si secrète que ça ? Des extraits, des premières de couverture et un aperçu du contenu en avant-première. Rejoignez le groupe Facebook et partagez des photos et des infos sympas (en anglais). INSCRIVEZ-VOUS ici :
http://bit.ly/SciFiSquad

À PROPOS DE GRACE

Grace Goodwin est journaliste à USA Today, mais c'est aussi une auteure de science-fiction et de romance paranormale reconnue mondialement, avec plus d'un MILLION de livres vendus. Les livres de Grace sont disponibles dans le monde entier dans de nombreuses langues en ebook, en livre relié ou encore sur les applications de lecture. Ce sont deux meilleures amies, l'une qui utilise la partie gauche de son cerveau et l'autre qui utilise la partie droite, qui constituent le duo d'écriture récompensé qu'est Grace Goodwin. Toutes les deux mamans, elles adorent faire des escape games, lire énormément, et défendre vaillamment leurs boissons chaudes préférées. (Apparemment, elles se disputent tous les jours pour savoir ce qui est le meilleur : le thé ou le café?) Grace adore recevoir des commentaires de ses lecteurs.

www.ingramcontent.com/pod-product-compliance
Lightning Source LLC
LaVergne TN
LVHW011820060526
838200LV00053B/3849